白象文化

寫在金紙上的情書

擇泉／著

目錄

情書 1

農曆七月，學生的暑假也到了中後期，也是一年中最熱的時間。走在路上的人都會熱到皺起眉頭，像剛吵完架一樣。這段時間，只有蟬會開心地叫著。

中元節是中國人習俗中很重要的節日，認爲死去的祖先只是遠行，而在陰間認識的鬼魂爲新朋友，稱之爲「好兄弟」，因爲「出外靠朋友」這句話，除了祭祀自己祖先外，連孤魂野鬼也會獻上供品。

詹家之主早就把桌子擺好，放上各式家人愛吃的餅乾泡麵，上面還插了不少香，幾乎都燒到剩一半了，香灰都落在包裝上。看來也過了一段時間了。

這種天氣在外面簡直是酷刑，還要燒金紙，那熱度眞的會抽乾人身上的所有水分。詹爸想趕快解決，就叫兒子來幫忙。

十二歲的詹曉軒被叫離冷氣房，和鄰居打招呼，鄰居也都在下午三點在自己家門口擺出供桌，這些人一年只會見個幾次，下次是中秋節。

詹曉軒學著爸爸，把金紙弄成扇形後拗起來，弄得像花瓣一樣，然後丟到燒金桶中。丟下去的瞬間火一下旺了起來，火苗離詹曉軒的手不過一指寬，這種事到幾歲都不會習慣，爸爸也因此皺著眉頭。焰勢忽漲帶來極高的熱量，父子兩人用跑馬拉松的表情，流著跑馬拉松的汗量。

「爲什麼要在這麼熱的時候燒金紙啊？」詹曉軒忍不住抱怨著。

「因爲這時候鬼門開。」爸爸回答：「如果冬天燒，放著太久不知道誰會拿去啊。」

「現在也不知道誰會拿去啊。」詹曉軒說：「我們的習俗眞的很愛燒金紙耶。」

「我們是重視孝道的民族啊。」爸爸無奈地說：「希望我們的祖先在另一個世界過得好啊。我們活著就離不開錢，另一個世界也是一樣啊。」

「就算祖先在的那個世界是十八層地獄？」

「是啊！如果那個世界有公正的審判，做錯事就要受處罰，處罰完就可以重新做人。」爸爸嘆了一口氣：「那樣的世界不見得會比這世道差。現實生活很難有完美兩者兼顧的事。」

察覺到自己露出軟弱的一面，爸爸馬上轉移話題：「暑假作業寫完了嗎？」

「快寫完了，我想在暑假前約一個女同學去玩。」

「哈，我們一兩年就搬一次家，我還擔心你交不到朋友咧！沒想到你也有喜歡的女生了。」爸爸從皮夾掏出一千元：「來。不要讓女生出到錢哦。」

收下一千元，詹曉軒不禁望向還沒燒完，模仿千元大鈔的金紙而擔心混淆，說：「我先離開一下，我第一次拿這麼多錢。等等回來。」連忙跑回房間把錢收好。

燒金桶的火又旺了一些，父子流了滿身的汗。

清了貢品上的香灰，把剩的香也丟到燒金桶後，爸爸說：「現在桶子很燙，等涼了我再來收吧。去把作業寫完吧。我平時很忙，沒時間陪你寫功課或看你功課寫得怎樣，只能看你的成績來看你努力的程度。」

詹曉軒走到房間拿出一千元和紙筆，計算了起來。

一個月的零用錢是三百塊，和女孩約會爸爸給了一千塊。

所以要和女孩子約會，要準備三個月的零用錢。好像有點多耶。

過年發紅包，祭祖也燒金紙，各個年紀也有相對應的任務，好在中元節不會有太多婆婆媽媽過問。但其他節日可不是這樣，各種的問題對應到各種數字，像是成績、薪水、小孩等等。

如果爸爸不同意我和她出去，不再給我錢的話，那我就三個月不能花零用錢了。

如果每個月花一半，另一半存起來呢？這樣也不太好，六個月才能約女孩出來一次。

一年後就要畢業了耶！最多只能再約兩次。

「啊～～她一定會忘了我的。」詹曉軒開始苦惱了起來：「有什麼方式可以讓她記得我呢？」

詹曉軒開始計算那些錢不能花，可以帶女孩去那裡玩。最後忘了自己的目的，開始在紙上塗鴉了起來。

金紙1

藝術鬼一直覺得很奇怪：明明在南北朝時南齊廢帝（473年-494年）就已經在燒金紙了，而陽間一直到北宋宋真宗（997年-1022年）才開始使用紙錢？陰間先試用可行才在陽間使用？那陽間是怎麼知道陰間使用的結果？至少四五百年才從陰間得到一次消息，這消息還是紙錢的使用？

更奇怪的是：鬼門七月就開了，而人們卻在七月中才燒金紙，鬼魂們半個月都沒錢入帳。是強制這半個月去探望自己家人或晚輩？還是先看這世上有什麼變化嗎？

中元節到鬼門關前，處處都在燒金紙。當了鬼後才感受到違和感。但藝術鬼是很會找理由的鬼：大概是怕鬼亂花錢，盡量把金紙帶回陰間再用？在鬼門關前，還能在**學校天台**發現尚未被人拿走的燒金桶。

陽間的人只看到金紙都燒到剩下灰燼，但在鬼魂眼中則是拗起來的金紙，慢慢從手上落入火焰中，燒成灰燼後，又從灰燼冒出來，最後從燒金桶滿了出來。火對鬼魂也會造成傷害，只能等火消失了，才能從燒金桶拿錢。

兩個鬼同時發現這個燒金桶，所以也就和平地正在分著燒金紙的錢。

「這是什麼新的超現實行爲藝術？」藝術鬼看著手上的金紙說：「這上面寫了情書耶。」

「干我什麼事？」蠻橫鬼說：「你就不能安靜地拿錢？」

「不懂藝術的人，心靈必是乾涸的。」

「你不拿，我就多拿一點了。」

「唔，等等我啊！」

藝術鬼和蠻橫鬼一起搶起火爐中的金紙，要**趕在鬼門關**前回到地府去。兩鬼也只是在鄉間的某處祭拜相遇，這裡人煙稀少，雖然能拿的金紙不多，但也比較少鬼搶。有好幾個燒金桶都是兩個鬼分，分到都有默契了。

「你在那層混啊？」蠻橫鬼問道。

「拔舌地獄。」

「就你剛剛那個德性。八成是說謊騙人買藝術品的騙子。」

「我才不是這樣的人，我的夢想是讓更多人知道藝術、了解藝術，而我也一直往夢想前進。」

「還不覺得自己有錯啊，可以想像你的腸子從口中拉出來的樣子了。」

「那你呢？」

「油鍋地獄的餓鬼道。」

「是哦？」

「除了藝術，你眞的什麼事都不想了解耶！餓鬼道是陽間做人蠻橫，死後入口的食物，都會變成火燒成灰的受苦方式。」

「眞的有點慘。」

「還好，我還有菸癮，我用一顆米就可以點菸。」

「挺方便的。」

「方便過頭了。」蠻橫鬼嘆了一口氣：「現在油太貴了，丟一個餓鬼下油鍋喝口水，連水都會燒起來。把我們當打火機啊！你有沒有發現最近貢品都越來越甜了。」

「我沒參加幾次，吃東西都很容易咬到舌頭。」藝術鬼無奈地說。在地獄受刑時，舌頭一直拉出來又放回去，都拉到失去彈性了，有時候放著沒歸位又被拉出來了。

「出來開心你卻一直抱怨。」蠻橫鬼說：「我生前就不喜歡聽人下班後抱怨工作，結果生前和死後都在埋怨，都沒享受到。」

「這就是藝術的重要了，這時候我們能聊藝術就好了。」

「我生前喜歡揍人，還是聊揍人吧？」

「像是，拳頭忽然出現在我面前，還沒感受到痛，頭已後仰，眼睛只看到一片鮮紅？」

「聽起來就像沒被揍過的人會寫的東西。」蠻橫鬼不屑地譏笑著。

「你看，你也懂藝術了。」藝術鬼說：「藝術要的並不一定是眞實。你有沒有發現最近貢品都越來越甜了。」

「我發現你個鬼。」

「我已經是鬼了。」

兩鬼邊聊天邊**趕在鬼門關前**回到地獄。趕上後，兩鬼就回到各自的地獄中繼續受苦。

情書 2

剛貼上全高中期中考的校排名榜單，馬上就引來一群學生圍著看：

「第一名：詹曉軒

第二名：李沐璇

……

第五名：劉信志

……」

一名少女從人群中擠出來，跑到她的姐妹淘李沐璇旁邊，氣喘噓噓地說：「你也太厲害了，又考了第二名。」

綁著馬尾，挺直的腰把身材襯得非常好，看起來就是眉清目秀大家閨秀的李沐璇。輕輕闔上了數學筆記，嘆了一口氣說：「終究不是第一名啊。」

「那要不要問一下第一名是怎麼唸書的？」黃韻佳相比李沐璇就沒有特別在意形象，大喇喇地一屁股坐下，邊用手搧風邊說。

兩女看向同一班級的詹曉軒，而他旁邊就站著第五名的劉信志，並好奇著，他們不是同一班，感覺也不是在社團認識的，但此時卻在聊著天。

「怎麼努力都拚不過你，我有一個提議，先到沒人的地方再說吧。」劉信志說：「你說天台怎麼樣？」

詹曉軒望了一眼天台：「那裡不是有人嗎？」

劉信志也看了一眼：「別開玩笑了，就約那裡聊吧，現在。」

「好吧。」詹曉軒站起來，就和劉信志去了天台。而李沐璇也站起來跟了過去，心想：大概劉信志也想請教怎麼唸書的？

李沐璇的腳步沒有兩個男生走得快，很快就落後很多，不過她也不急，畢竟是劉信志先找上他的，還是有先來後到的區別。

到了天台。

劉信志確認四下無人就開口說：「我就直說了，我希望下次考試你寫我的名字，我寫你的名字，我需要期末得到第一名，做爲回報，我願意給你五千元。」

「爲什麼？」

「你這個人有一個毛病。」劉信志說：「你問的太多了。」

「忽然商量一起做壞事，一定會有很多問題。像我們之間還沒有足夠的信任吧。例如你不寫我的名字，或是你的名字變成了兩個。或是我拿了錢沒寫你的名字？更何況我們不同班？」

「一萬塊立契約，如果你拿了錢不辦事，我就打斷你的腿，讓你這暑假過不下去。」

劉信志不屑地說：「就算沒寫你的名字，相信你隨便補考一下就過了。其他的事我會解決，不用你擔心。」

「好，這一萬塊我收了，恭喜你拿定了第一名。」

劉信志高興地走了，詹曉軒把錢收好，正想回頭，又看到李沐璇走了過來。

「不好意思，你來晚了。」詹曉軒說。

「你有急事？」

「有一點。」

「我只是想請教你怎麼唸書的，可以教我嗎？」李沐璇說。

「為什麼？讓你可以超越我嗎？」詹曉軒不耐煩地說：「幹嘛？搶生意啊？」

「我不懂你在說什麼。但有必要這樣嗎？」

「不好意思，我錯了。就告訴你吧。」詹曉軒態度一百八十度大轉變，給人演過頭的感覺說：「只要為了錢就好了，要有錢就要唸書。我是為了賺錢而唸書的人，錢很萬能啊。什麼都可以用錢來衡量，我又不是生在豪門，只能努力唸書而已，就這樣。」

「輸給這麼膚淺的人，我覺得我自己很沒用。」李沐璇說完轉身就走。

「怎麼唸書怎麼不問你的家教呢？」詹曉軒其實對李沐璇的家世很清楚，對著背影大叫。

詹曉軒等李沐璇走後，轉身對著站在鐵絲網旁的女子說：「你是誰？為什麼他們都無視你的存在？」

「我是鬼唷。你看得到我？」

「真的假的？」詹曉軒往女孩走去，伸手想去摸女孩，但女孩沒有閃躲，眼睛睜大地看著詹曉軒。沒出聲音，彷彿允許詹曉軒的舉動。

詹曉軒的手就真的穿過女孩的頭。

「眞失禮。」女鬼好像不高興了：「竟然從人家眼睛穿過去，這樣看到的景色很奇怪，很不舒服耶。」

「你眞的是鬼？啊！七月還沒完。」詹曉軒有點驚訝，但聽到上課鐘聲後說：「我該回去上課了。」

「嚇到了嗎？」女鬼說：「我很恐怖？」

「不要忽然伸長舌頭，或頭轉一圈什麼的。其他都還好。」詹曉軒：「目前這樣我還能接受。」

「你們已經下課了吧？你走吧！等做好心理準備再說吧。」女鬼說。

詹曉軒開始幻想要怎麼回去那裡，還是在什麼地方叫她名字都可以？見到陳怡君要做什麼。

鬼會喜歡什麼呢？爲什麼會留在那裡？會睡覺嗎？詹曉軒的心裡有一堆的問題想問，不如把問題寫下來。詹曉軒決定明天中午下課再去找她。她好像有說怎麼找她的樣子。

「如果想見我，就到天台這裡叫我的名字吧。」女鬼說：「我的名字叫陳怡君。」

金紙 2

走過莊嚴安靜的閻王殿後，來到每個望柱前都站著強壯鬼卒的奈何橋，有罪之魂只能走橋下血池，不然就會被鬼卒推下去。經過血池就可以重塑肉體。這畫面不太好看，但地獄的很多事物都充滿惡意。地獄裡的刑罰九成以上都是針對肉體上的折磨，如果沒有肉體很多刑罰都不成立。

藝術鬼回到自己的地方，才開始細看寫著情書的金紙，才看到收信人「怡君」兩個字，就聽到門被粗魯地打開，凶神惡煞的獄卒站在門口，連進門的時間都不想浪費。

「今天開始你要加重刑罰。」

「閻王判我拔舌六年完，就可以選擇要不要去輪迴了啊！」

「剛剛下來命令了，你還得接受馬踢之刑。」

「我不服啊！至少要告訴我爲什麼要加這個刑？」

「大概你在那裡壞了別人的姻緣吧！」

「該不會是……」

「看來你心裡也有譜了。」獄卒不耐煩地拉著藝術鬼脖子上的鐵鍊，拖拉到馬槽：

「下地獄還加刑的，我也是第一次見。別亂加我的工作量啊！」

藝術鬼眞的有苦說不出，這封情書已經變成燙手山芋了啊！而且寫在金紙上，八成對象已經死了啊！人鬼殊途，這情書別到怡君手裡才是好事一樁吧。現在加重我的刑罰是那招啊？

行刑完，藝術鬼鼻青臉腫的對獄卒說：「拜託，請讓我找閻王重新上訴，可以嗎？」

「閻王是你說見就見的啊？」獄卒說：「你算什麼東西？我自己都幾百年沒見到閻王了。」

還眞的是閻王好見，小鬼難纏耶。藝術鬼心想。

「感覺你在想需要加刑的事。但我沒有証據」獄卒說：「像你這樣的鬼我見多了，看你們表情我就知道你在想什麼。受完刑趕緊離開，別浪費我時間。」

被馬踢了三小時加上吃了一鼻子灰，鼻青……白臉腫的藝術鬼爬到新開的酒吧去，急忙把這張金紙花掉。

「恭喜老爺，賀喜老爺，是個男的。」藝術鬼說。

「哈哈哈，我還希望是女孩呢！」

他們在聊的，不是眞的小孩，而是酒吧鬼辛苦存錢開的酒吧。不是懷胎十月這麼簡單，大概是十年。

「酒吧鬼啊！你有認識叫怡君的人嗎？」

「別開玩笑了。」酒吧鬼忽然大叫：「怡君。」

整間酒吧八成的女鬼，都回頭看了酒吧鬼。嚇得藝術鬼鬆開手中的金紙，掉到了地上又連忙撿起來。

「……幾乎都叫怡君啊。」酒吧鬼見怪不怪地說：「今天老樣子，喝啤酒嗎？」

「嗯……嗯……來一杯吧。」藝術鬼心不在焉地回應。

藝術鬼心想：原本以爲是撿到超現實藝術品，結果還眞的是一封情書。叫怡君的人又超多，該從何找起啊。目前只知道海邊鄉村，和收信人叫怡君的訊息，要符合這條件的，各層地獄至少都有上百萬個啊！怎麼找？

「不用找零了。」藝術鬼把這金紙付給了酒吧鬼，就離開了。

隔天換酒吧鬼被帶去受了馬踢之刑。

情書3

「陳怡君。」詹曉軒在樓頂叫喚著。

「我在這呢。」陳怡君的聲音出現在詹曉軒的背後。

「下次別這樣，嚇我一跳。」詹曉軒放下背包。

「這裡面是什麼？」

詹曉軒拿出了一疊金紙：「這東西你用得著嗎？」

「哈哈哈。」陳怡君忽然笑了起來。

「很奇怪嗎？」詹曉軒說。

「是啊。」陳怡君說：「我不能離開這座學校。不過這裡還是有不少鬼哦，大概可以跟他們交易吧。」

「咦，我怎麼看不到其他鬼？」

「要看到鬼，要有一樣的執念！」陳怡君說：「可能你和我有相同的執念。」

「唔。」詹曉軒想把金紙點燃，但天台的風有點大，一直點不著。

「你大概是第一個在學校燒紙錢的人吧。我想其他鬼也應該沒有紙錢，除非他們生前有人供奉。」

「那你有人供奉嗎？」

「唉，我父母還健在。」陳怡君手插著腰說：「那時我才25歲，只記得我在騎機車上班的路上，忽然白光一閃，我全身痛得要死，等不到不再痛時，就發現我被困在這出不去了，我想我大概是死了。」

「你死多久了呢？」

「大概二十年吧。」

「這二十年都只能關在這？」

「是啊。你是第一個看到我的人，其實在學校也挺好玩的，學的東西和我當初學的都不一樣呢！」

「你……你當初應該很多人追吧？」

「沒有。我喜歡的男生喜歡站在走廊，如果能四目相接，就是我一天最快樂的事了。上學學了什麼我也記不得了，只剩這個回憶和這裡有關。」陳怡君說：「不過你也猜到有關執念的問題了。我在想我會被困在這大概是因爲我有未了的感情債吧。」

「要找出當初喜歡的人，你才能成佛嗎？」

「是啊！」陳怡君喃喃自語說：「要怎樣才能見到以前喜歡的人呢？我在這天台已經等了二十年了，大樓推掉重蓋都不知道幾棟了。每天就看著校門口看他會不會出現，但幾乎沒有成功過。」

詹曉軒並沒有聽清楚在講什麼，當鬼沉浸在自己的世界時講的話，就是鬼哭神嚎。當下就繼續問：「你沒和當初的戀人結婚嗎？」

「沒有。」

「那眞的是很青澀的時光呢。」陳怡君說：「雖然都過去二十年了，我還是記得大槪，每次回想起來，都有淡淡的笑容呢。」

「是哦。」詹曉軒說：「也許這就是你離開這裡的方式？」

「也許吧。」陳怡君說：「故事得從我收到一封情詩說起。」

陳怡君說：「我有天收到一個男孩的情詩，上面還有我的畫像，上面沒有署名，我想應該是那個男孩給我的吧。這也讓我開始注意這個男孩，但後來他又把詩要了回去，我想他應該沒喜歡我吧。」

「可能是因爲害羞？」

陳怡君有點失望：「也許吧！但我還困在這，代表還是有機會？」

「爲什麼？」

「我是鬼，有鬼的存在，不就代表有神的存在嗎？」陳怡君說：「也許我會在這就是上天的安排，只不過，不知道要等多久才知道上天有什麼安排吧。」

「眞無奈。」

「那你呢？」陳怡君說：「那你有什麼執念嗎？」

「我只想賺錢，賺很多錢。」詹曉軒說。

「有錢之後呢？」

「我也不知道，但那時候就能做自己想做的事了吧。」

「感覺你還不知道你想做什麼。」
「大概吧。」詹曉軒說：「知道爲什麼我會帶金紙嗎？」
「哦？」
「記得見面的那天吧。」詹曉軒露出奸笑：「我和劉信志有一個約定，我也收了對方錢了。原本想說你收下這些金紙，在考試那天幫我看他是否有出賣我，如果有的話，我也只好出賣他了。沒想到，金紙對你沒用，但我還是需要你幫忙，所以做爲回報，我也會幫你離開天台。」
「這麼快就接受現狀，並快速制定方案？」陳怡君說：「這種針鋒相對讓我想起生前愛看的西部牛仔片。」
詹曉軒認眞地問：「你喜歡的是那個送你情詩的人嗎？我想辦法把他帶來找你？」
「現在也只能先這樣試看看啦！」陳怡君說：「我忘了他的名字。」
「他應該是這個學校的學生，不然你到圖書館找看看？」

金紙3

酒吧鬼受了馬踢之刑時。

飄落的金紙上面寫著：

『怡君：

國小一年級的班上有兩個陳怡君，但我眼中只有你一個。

我總喜歡把紙條揉成一團，放在桌面的直尺上，然後手往桌邊一揮，紙團就會飛出去。

我喜歡那個拋物線，也喜歡記錄花多少力氣，紙條會掉落在那裡。

一堆空白紙條中，會有一張是我最想讓你發現的情書，上面寫著我的心意，不敢讓你知道的心意。

你總是把彈到你桌上的紙團丟到地面上。到打掃時間，你周圍的紙團都是我掃的，畢竟我不敢讓別人知道我的心意，就算那個人是你。更別說……班上有兩個陳怡君。

才一小團紙條不能寫太多字，我聽說英文可以用幾個字就寫完，所以我也特地去學了。

雖然一直到國小畢業，你從沒有打開過任何一張紙條，就算我在特別的紙條中加了一點香水。

那六十七張「ㄧˊㄐㄩㄥIOU」是我傳達不出去的思念。那個愛心我還是畫不怎麼好，總會畫成圓。』

「不能寫錯字啊！！是ㄥ還是ㄣ啊！」藝術鬼大叫：「而且爲什麼沒署名？就不要讓我找到你，我就把被馬踢的痛苦全都還到你身上。」

「ㄐㄩㄥ只有四個字，而他後來也會寫了。」酒吧鬼說：「你這個混蛋，當我在那被馬踢時看到你，我就知道是你搞的鬼。」

「我也沒想到那疊金紙中，還有十九張寫了字。」藝術鬼說：「你爲什麼不跟我一起找閻王求情解決？」

「我根本就沒發現上面有字。我現在才搞清楚狀況。」酒吧鬼說：「看到你被馬踢進其他隻馬的屁股裡，我就不想和你站在同一邊了。」

藝術鬼下意識聞了聞自己的領口，原本習慣的味道眞的超臭，不禁乾嘔起來。

現在十九張情書就攤在酒吧的桌上，藝術鬼和酒吧鬼鼻青臉腫，愁眉苦臉地看著這些「孽緣」。

「怎麼辦？」藝術鬼說：「你的酒吧不是一堆怡君，每個人拿一張試看看？」

「眞的是好辦法。」酒吧鬼一臉鄙視：「給人錢對方會收得很爽，但一拿到就要被馬踢，你看誰要？現在至少還知道姓陳吧。」

「那也沒有少多少啊。」

酒吧的地板忽然變軟，蠻橫鬼從地下冒出來。

「嚇死我了。」藝術鬼和酒吧鬼不約而同地說。從下一層冒出來的鬼越惡，也越容易讓上層的鬼感到威脅。

「你們早就死了。」蠻橫鬼不爽地把一疊金紙丟在桌上。

「都混在一起了！」藝術鬼抱怨地說。

「看你鼻青臉腫的樣子，你也被打了？」酒吧鬼問。

「我是被其他鬼打的。」蠻橫鬼說：「我一回來就花光了，那些被馬踢的鬼又回來揍我。都你害的，我連菸都被搶了。」

「別生氣，別生氣。」藝術鬼說：「我們趕緊找到鬼。」

「好，我不氣。」蠻橫鬼說：「你把所有情書都拿走吧。」

「好好好。拿走拿走，這也不是什麼大事。」藝術鬼把情書都收了起來。

「別想不開啊！」酒吧鬼說：「難道你想到什麼找鬼的方法了？」

「算吧，但我也不知道有沒有用。」

「有就好了。」蠻橫鬼氣到馬上鑽地而走了。

「事情能順利解決就好。」酒吧鬼拿出一瓶啤酒：「這杯算我請你的。好好把事情解決吧。」

情書4

第二天天台。

「我找到了，當初拿情書給我的人叫李昶華。」陳怡君說：「畢業快三十年了。」

「有名字應該就可以了。」詹曉軒說：「我用手機找看看。」

「現在的科技可以搜尋照片嗎？」陳怡君問。

「可以是可以，但不是很精準。」詹曉軒用人名找到照片並分享給陳怡君看，當陳怡君靠到詹曉軒身邊時，讓他忽然有點冷，一下又回到常溫：「是他嗎？」

「看起來老很多！不過我印象有點模糊了。」

「這張照片正好可以連到他的FB，他結婚了耶！而且還有一個女兒。」詹曉軒遲疑了一下說：「這張照片的女兒，就是我碰到你那天的那個女生——李沐璇。」

「咦？沒想到和她有關係，是巧合嗎？」

「嗯，沒想到會這樣。不過，對方都結婚了，你不就等於失戀了？」

「唉。希望見最後一面後，找到我喜歡的人，那我也不會再被綁在這裡了。」女鬼身影好像變薄了：「我覺得你比較可憐，你得去跟她要她爸爸的情書，而且那封情書還不是寫給她媽的。」

天台傳出了哀號聲。

等到快放學才做好心理準備的詹曉軒才走近她身邊：「李沐璇，可以打擾一下嗎？」

「幹嘛？」上次和詹曉軒有交集時還是在吵架，那時對方眼神兇惡，讓她留下不太好的印象，反而希望有人可以幫忙壯膽：「有什麼事不能在大庭廣眾下說？」

「我需要跟你聊一下你爸的初戀對象的事。」

「好好好。」被直球打到措手不及的李沐璇只好說：「我們找個地方聊吧。」

走到沒其他同學可以看到的樓梯轉角，詹曉軒說明了一下原因後：「……大概就是這樣子，可能要請你爸來到學校一趟。」

「你說的東西，我很難相信。」李沐璇說：「我得回家問一下。那個……陳怡君有在這裡嗎？」

「你叫她名字時，她就出現了。」

「哦？在那裡呢？」

「站在你背後。」

李沐璇嚇得往前跳了一步，變得十分接近詹曉軒，而他也連忙後退了好幾步，畢竟還存在爭吵的距離感。

「啊。不太用擔心啦。她不是站在你後面，而是整個人倒立飄在那啦，你後面的大概只剩頭髮。」

「唔，該不會只剩一顆頭吧。」李沐璇其實覺得他在亂開玩笑，而且自己也看不到，慢慢就不怎麼害怕了。光天化日之下，除了沒夏天的熱外也沒覺得有什麼異狀。（普通的農曆七月的感覺。）

「眞不好意思讓你幫忙。但希望你能幫忙保密。」

「咦？爲什麼？」

「因爲我不覺得會有人相信啊，你肯相信我已經不敢相信了。」詹曉軒說：「而且聽說學校還有不少鬼，但我只看到一個。」

「唔，眞的假的？」

「聽說要有相同的執念才看得到。我覺得其他人也許看到了也不會講吧？」

「我想了想，我雖然打算幫你，但不一定能成功哦。都這麼久以前的東西，應該不會留著。」

「找不到我也沒辦法了。」詹曉軒忽然又看著其他地方又講了一次。李沐璇並不喜歡這樣的感覺，馬上離開了。

「那我也要走了。」詹曉軒打算回到頂樓。

「你不送她回家？」陳怡君說。

「我們不是這種關係。」

「急著否定也很可疑。」

「我純欣賞就夠了。」詹曉軒說：「你覺得情書會放在那？」

「說不定是放在時空膠囊中哦。」

「唔，這種漫畫才會出現的情節。這裡不會出現啦。」

和陳怡君說笑有時候還比較有趣，但意識到自己總是推開別人的詹曉軒有點消沉了起來。

金紙 4

「來喝吧。」藝術鬼在酒吧中說：「今天我請客。」

交給藝術鬼一大盤啤酒後，酒吧鬼反覆確認所有金紙背面，卻什麼也看不出來。幾天後酒吧鬼就懶得再檢查了，但還是放了一點心眼：藝術鬼付的金紙優先處理掉。

十天後，開始有聽到有些鬼都被加處馬踢之刑。

二十天後，越來越多鬼被加處馬踢之刑。

三十天後，馬踢之刑被懷疑是一種新型傳染病，而且找不到疫苗和解藥。

四十天後，其他層地獄也開始出現災情，擴散速度持續變大。

拔舌地獄，酒吧。

「爲什麼你總是把事情搞得這麼糟糕？」酒吧鬼拿出冰塊，恨不得現在處在寒冰地獄，冰敷自己的臉，明明都檢查過金紙了，還是會被馬踢。

「事情不搞成這樣，怎麼找得到人？」藝術鬼看著遠方：「還活著時僞造假鈔的活做得很辛苦，現在卻覺得十分有趣。想到那獄卒一直拒絕我，還把我塞到馬屁中的嘴臉，我就更起勁了。」

那些情書都被刻成印章了，並用和金紙同樣顏色的油墨印上去，就算仔細看或摸，也感覺不出差異。

藝術鬼每天把自己的錢從冥間銀行取出來，把情書印上金紙，再存回去，再領新的出來印，再存回去，只要有空他就一直做這樣的事。

「要不是缺材料，不然地獄的錢太好複製了。」藝術鬼說：「就在紙上貼一層金箔而已？想當年，我光刻偽鈔鋼模就花了好幾年咧。」

「我記得這燒金紙的習俗只剩香港和台灣或大陸的偏鄉地區才會做了吧！」酒吧鬼說：「至少可以用這方式把地點縮小。」

「蠻橫鬼大概記得在那。我的印象中，好像在阿拉伯？」

「阿拉伯你個大頭啦！」蠻橫鬼又從地下冒了出來。

「嚇死我了。」藝術鬼和酒吧鬼不約而同地說。

「你們早就死了。」蠻橫鬼不爽地說：「台中市沙鹿區啦！」

「我記到沙瓶畫去了。」

「差太遠了吧！」兩鬼同時罵道。

「藝術家的記憶方式，不是凡鬼可以了解的。」

「你把我扯下水幹嘛？」蠻橫鬼這次倒了很多金紙在桌上。隨手拿起一張金紙，除了情書外。下面還有一行紅色的字：「如果你沒被處以馬踢之刑，請來拔舌地獄找藝術鬼或酒吧鬼，如果太遠，到油鍋地獄找蠻橫鬼也可以。」

「紅色是不是很優？」藝術鬼說：「一目了然。」

「你知道血也是紅的嗎？」蠻橫鬼說：「你等等就會從身體裡噴出一堆很優的顏色了。」說完蠻橫鬼就循地而去。

「我要提醒你一件事。」酒吧鬼說：「酒吧的牆大概快撐不住了。」

「什麼？」藝術鬼看著水杯中出現的漣漪，害怕地看向門口。

此時門口已經被一群鬼衝破，要擠進門的鬼太多，連牆都開始崩塌，連牆都擠不進去的鬼開始尖叫，酒吧的杯子開始破裂，酒水撒滿一地。酒吧鬼抱頭躲入吧台中，看著從吧台滴落的水滴，希望這些水滴能像堅固的牢籠一樣，能撐過一切攻擊。

藝術鬼看著群鬼亂舞覺得興奮極了，就像一幅畫，可以看一輩子的那種。有些東西體驗過就忘不掉了，像是不要亂來，不然會後悔的教訓。他閉上眼，想把這一切記在腦子裡，並坦然接受自己的末日。

此時鬼生的走馬燈竟是蠻橫鬼對「嚇死我了」的吐槽：「你們早就死了。」

一秒過去，三秒過去，預料中的事沒出現，眼皮還傳來光線的刺痛感，藝術鬼緩緩張開眼睛。

一群鬼差、獄卒從天而降把眾鬼都擋住了。

「還有沒有王法啊？」「知道這是誰的地盤啊？」「想再被加刑是不是？」獄卒用不屑且不希望有人回答的口氣問問題，還時不時揍了幾拳不聽話的鬼。

一個鬼差拍了拍藝術鬼的肩，讓他安定下來：「今天這些鬼是動不了你的。」

「太好了！謝謝各位大哥大姐。」

「來，把你的問題跟我們長官說吧。」鬼差說：「他迫不及待想見你了。」

「就是你這個傢伙，搞到地獄馬都不夠，連本官我都被迫加班，死在本官蹄下吧。」這個長官大吼。

這個身穿綠蟒金鎧，手持三叉戟的長官就是……馬面。

情書 5

李沐璇家，一家人圍著餐桌吃晚餐。餐桌下，李沐璇的爸爸李衵華被踢了一腳。

「今天你補習好像又遲到了。」李衵華清了清嗓說。希望李沐璇學鋼琴補習的是李媽，但她又不想一直扮黑臉，所以踢了一腳讓老公來提此事。

平時道歉認錯，事情一下就過去了，但此時李沐璇忽然覺得：拿陳怡君的事試探自己爸爸會**很有趣**。

「最近我們班的陳怡君，一直很在意走廊上兩個聊天的男生，他們邊聊邊偷看她，其中一個還寫了情書。」李沐璇說：「下課後，一直拉著我說著兩個男生她不知道應該怎麼選擇。我好不容易脫身，就遲到了。」

「是哦，學生時期談什麼戀愛啊，我在你年紀這麼大的時候，就只知道專心唸書，才不會談戀愛啊！啊！啊！」忽然連三個啊，第二個啊比較大聲，是想起了過往的事，忍不住叫了出來。而第三個啊比較小聲，是驚覺自己失態的反應。

李昶華的心情像坐了雲霄飛車，旋轉跳躍我閉上眼，快抵擋不住離心力了。不自覺連碗筷都握得更緊了一點：「不過，我也知道年輕人有年輕人的煩惱，等等，等等我再跟你聊，先吃飯，對，吃飯，你媽今天做的滷肉超香的，多吃點，多吃點。」

這樣帶有點慌張的模樣真的百分之百有鬼了，整件事還真的有**鬼**了。

草草結束話題後，只留下餐桌上一臉疑惑的李媽。

「我先洗澡了。」

聽到李媽去洗澡，有時間和自己女兒獨處，李昶華用迅雷不及掩耳，動如脫兔的速度到女兒身邊：「你是怎麼知道陳怡君的事？」

「不是在我這個年紀大的時候，沒。談。戀。愛。嗎？」

「哎呦，就真的沒有啦。」

「那情書是怎麼一回事？」

「那個有點複雜啦，是我朋友寫的。」

「哦，我懂。」李沐璇說：「我。朋。友。」

「真的是我朋友啦，你幹嘛講話這麼慢，別浪費時間。」李昶華覺得自己像待宰的羔羊，只希望這一刀給自己一個痛快：「你有什麼要求？」
李沐璇說：「我要知道所有的事，還有……我希望減少補習，多一點自己的時間。」
李沐璇或成最大贏家。
在校園天台，李沐璇和詹曉軒碰面，而女鬼陳怡君也在。
李沐璇拿了一張破舊的紙來。
「這是我爸給我的。」李沐璇說：「應該是張藏寶圖。」
「唔，可能被陳怡君說中了。」詹曉軒說。
「對了。寫情書的不是我爸。」李沐璇說：「寫情書的人已經死了。」
詹曉軒和陳怡君雙雙陷入沉默，開始思考該怎麼辦。
「不過情書還在，雖然當初他要回去了，但也是因應寫情書的人要求，是因爲沒自信又等不到回應，加上畢業後就要努力工作，只能放棄等等因素。」
「唔，我可沒辦法從地獄把另一個鬼帶上來啊。」詹曉軒說。陳怡君看起來又更透明了。
「雖然我不知道有沒有用。但我爸說那時流行時空膠囊，所以他們把情書放進去並埋在學校中了。」

金紙5

十天過去。

欣賞畫作，和自己成爲畫作是完全不同感受。藝術鬼覺得自己被踢到分屍挺有美感，卻痛到完全沒有欣賞的餘力。

「眞不愧是馬面啊！程度就是高。」藝術鬼邊走向酒吧的大門邊講：「一隻馬踢出五馬分屍的效果。等等這樣講，好像會冷場，但又好想講哦！」

家徒四壁是形容窮到家裡空空的，而現在酒吧只能說是家徒四柱，卻變成許多鬼的聚集處，燈火通明。往藝術鬼方向走來兩隻談笑風生的鬼，一看到藝術鬼就停止聊天和動作，和他六目相望。

「別打臉啊！」藝術鬼快速躺下抱頭，企圖讓對方踢時，可以把傷害降到最低。

兩鬼聯手把藝術鬼拉起來，拍去他身上的灰，拍了拍他的肩膀，然後露出……比鬼還難看的笑容。（已經是鬼了）

這世界變化太快，已經到無法適應的年紀了嗎？邊想，藝術鬼走進了酒吧。

看到進來的鬼是誰，然後酒吧慢慢安靜下來，突然爆出一陣歡呼。不知所措的藝術鬼走近吧台。

「不問我喝什麼嗎？」藝術鬼說。

酒吧鬼一拳一拳不停揍向藝術鬼：「我的酒吧啊！賠我酒吧！」

「人死不能復生啊！」

「就你沒資格講。」

藝術鬼只能讓酒吧鬼揍著，剛體驗過馬面踢的地獄制裁，酒吧鬼的拳頭造成的傷害不到百分之一。

「揍累了嗎？」藝術鬼說：「休息喝點酒吧？」

「賠不賠我酒吧？」

「賠賠賠。別打了。」

聽到這裡，酒吧鬼才氣呼呼地站起來。

「還有啤酒嗎？」

「嘖嘖嘖。真有你的啊。」酒吧鬼一臉嘲諷地說：「你有錢付嗎？印有情書的金紙全都被冥間銀行回收並銷毀了。現在冥界經濟整個大崩潰，你怎麼賠我懷胎十年的酒吧？」

「啊！那不是找不到鬼了？」

「你還擔心這個？這次事情鬧大了，你一個鬼把十八層地獄弄到停擺九年半了。閻羅王都要出面幫你找鬼了。」

「哦，眞的是意外之福。」藝術鬼追問：「停擺九年半？」

「銷毀的金紙包含要給鬼差獄卒的薪水，所以他們都罷工了。必須等到下次陽間中元節，強迫大家上繳金紙後，重新分配。到時候一張金紙大概等於現在四萬張的價值吧。」

遠方好像又傳來馬面的聲音。「本官要殺了他！」

「回想起不該回想的東西了。」藝術鬼覺得馬面應該恨自己恨到牙癢癢的，大概不介意變成肉食性動物了，不過現在痛毆我沒錢拿，眞的報復在九年半後了，希望那時他就忘掉了。

「鬼差罷工，所有的鬼不用再受刑，這也是你忽然受歡迎的原因。」

「不是因爲我帥嗎？」

酒吧鬼仔細端詳一下藝術鬼靑一塊紫一塊的臉說：「你不說我沒想到，你的臉特別藝術。」

「我第一次討厭起藝術這兩個字。我的啤酒呢？」

「你毀掉了地獄的貨幣機制。現在變成由我來登記大家的贖罪券。」

「資訊量太多了，爲什麼是由你？」

「我是無罪之魂，不想去六道輪迴而定居在地獄。陽間無人供奉，只好做些小生意賺點金紙。」

「剛說的贖罪券又是什麼？」

「說到你們這些鬼，什麼都沒有，就是一身刑罰。」酒吧鬼說：「死豬不怕燙，拿鬼多少價值的東西，就幫別的鬼受刑多少次當補償。又想噁心西方宗教，就叫贖罪券了。」

「我就喜歡這樣惡趣味。那一杯啤酒多少贖罪券？」

「拔舌贖罪券25張。」

「拔舌贖罪券？也對，如果要幫第十八層地獄受刑的話，那代價大概很高。」

「我勸你多準備一點第十八層的烊銅贖罪券。」

「你鬧出這樣的事，就算是玉皇大帝也救不了你。」酒吧鬼一臉同情地說：「你大概是第一個在地獄幾萬年歷史中，在陰間加罪，並且一到十八層地獄的所有處刑都得體驗過的鬼了。」

說完同情的表情瞬間消失，變回原來的表情說：「經過這些，你一定會變成男子漢的。」

情書6

「唔，還眞的挖出情書了。」詹曉軒說。

「還有一堆奇奇怪怪的東西。」陳怡君說。

「爲什麼要埋在大樓的牆邊啊？」

「眞不好意思，只能在晚上來挖。」一人一鬼蹲在牆邊看著盒中的東西，半夜來做苦力活，詹曉軒其實有點累了，打算先把東西復原。

「唔，會不會是學校改建才會變這樣，原本的位置可能離大樓有點遠。」

「很有可能，竟然這麼接近地基，如果學校再蓋大一點就被弄壞了吧。」

「感覺裡面不止一個人的東西。」詹曉軒說：「我實在是好累，明天再來看吧。」

「要順便叫李沐璇嗎？」

「我也不知道，和她在同一個空間我會很緊張，說一些蠢事。」詹曉軒說：「而且我覺得，她看到我就像看到鬼一樣。」

「我才是鬼啊，難不成她以爲我總跟著你嗎？」陳怡君說：「把東西藏好，我今晚可以看一下。不會打擾你和李沐璇的。」

第二天詹曉軒拿著時光膠囊裡的信正在看，而李沐璇路過被吸引了目光停了下來。

「這個就是我爸以前的東西？」

「大概不止你爸吧，總感覺是一群好友一起埋的。」

「陳怡君有埋東西在裡面嗎？」

「沒有耶，如果一起埋的話，事情就單純多了。」詹曉軒說：「唔，眞是奇怪，我雖然找到了情詩，但是其他情書的署名是叫張志豪的人耶。和你爸的名字不一樣，但筆跡卻是一樣。很有可能是他寫的，你爸轉送。」

「所以這不是我爸的愛情故事？會不會這一輩子他只愛著我媽？」

「唔，這我就不知道了。」詹曉軒說：「但我覺得可能性不大。你爸可能也喜歡陳怡君，但不敢告白，進而利用對手，又不會仿造字跡，所以把署名撕掉。」

李沐璇覺得可以再去跟老爸威脅什麼，留意了他說的話，表情掩飾不住得意的神情，但又不想給詹曉軒發覺就說：「眞是不浪漫的傢伙。不理你了啦。」轉身就去和姐妹淘黃韻佳聊天去了。

「至少這次不是『輸給這麼膚淺的人』什麼的。」詹曉軒心裡這樣想又責怪自己說了蠢事，這事和李沐璇無關的話，自己在這件事上也變得興致缺缺了，再怎麼努力也是爲了一個過期的大姐姐，而和自己的戀情無關。

詹曉軒不由得地嘆了一口氣，把東西都收回盒中，來到了天台。

「你都知道啦？」陳怡君說：「這些東西像拼圖一樣，我現在才慢慢回想起來。」

「我忽然少了一些幹勁了。」詹曉軒說：「想著可以透過這件事情幫到你，沒想到現實竟然打臉得這麼快阿，這件事情跟她爸一點關係都沒有。」

「別這樣嘛。按之前的計畫把情書抄在紙上燒掉吧。」陳怡君說：「我真的很想知道我能不能離開這。」

「爲什麼連當初喜歡誰都不知道？」

「就年代久遠啊，而且下面又沒有署名，當初這兩人幾乎都只在遠方看，除了一個有拿情書給我之外。」陳怡君說：「現在看到還有我沒看過的情書，我回想起來：我喜歡上的，是寫信的人。信中，可以感受到他對我觀察入微。」

「唔，失去幹勁。」仰躺在頂樓陰影處，看著天空浮雲的詹曉軒，覺得事情已經落幕了。

最後詹曉軒還是幫陳怡君把情書寫在金紙上，再弄了燒金桶燒掉。看了一下日曆「七月三十」，喃喃自語：「今天是鬼門關啊。」

金紙6

「閻王有令，特准使用一次三生石。」馬面領著藝術鬼和酒吧鬼說道。自獄卒罷工後就找不到蠻橫鬼，所以只有兩鬼。

「死前會看到人生的走馬燈，是因爲三魂七魄有一半就已經站在三生石前了。」酒吧鬼有點唏噓地說。

位於忘川河邊的三生石可映出芸芸衆生的前世今世來生，傳說中的緣定三生的判定標準就是三次輪迴都在三生石上寫同一個人的人名。

奈何橋大都是單向通行，在陽間農曆七月才會變成雙向。待罪之身必須走橋下沉到水裡，由血池塑出肉身，再被沖到該去的地獄。

走到了奈何橋後，人潮擁擠，如今只剩一個孟婆在發孟婆湯，所有人都等著孟婆發孟婆湯。孟婆雖然有一個婆字，但其實是略有點年紀，風韻猶存的婦女。長相算不上有特點，感覺像是大衆臉，在人群中似乎不會注意一眼的人。藝術鬼雖然這麼想著，但是直覺告訴自己，孟婆一定是個美女。

衆鬼看了孟婆一眼，這一眼不知道是多久，忘了時間忘了思考。衆鬼都以爲自己只看了一秒，就把注意力放回馬面和三生石上面。

馬面將寫在金紙上的情書放在三生石前，邊唸咒邊揮令旗。三生石發出綠光罩住金紙：「接下來要比對怡君的三生三世，看有沒有符合的人。大概會有點久，就等一下吧。」

「有夠像外星人的科技，說不定眞的是外星人留在地球的東西。」藝術鬼說。

三生石發出強光後，一道光束穿過忘川河到地獄之中，將一個鬼給拉了上來。
「怎麼會是男的？」藝術鬼說。
「竟然是寄信者。」酒吧鬼說。
張志豪一臉迷茫地看著兩鬼，難得不用處罰，正無所事事地窩在床上就被拉來。
藝術鬼說：「之前你沒被馬踢都不會覺得奇怪？」
「誰會希望被馬踢啊？」志豪說：「給馬踢還要排隊，我以爲還沒輪到我啊。」
「失算啊！」兩鬼異口同聲。
「讓全地獄的鬼都陪葬了，竟然還沒有找到你。」
「他們早就死了。」酒吧鬼模仿蠻橫鬼說。
「你還不知道什麼事吧？」酒吧鬼拿出一疊金紙交給志豪。
「爲什麼你們手上會有這個？」張志豪看了看說：「我記得我都處理掉了啊？」
「沒想到你寫情書還先寫在金紙上。」
「誰會寫在金紙上？你全家的情書才寫在金紙上。」
「所以，這樣算找到寄件人了？」藝術鬼說。
「就因爲寫在金紙上，我們之前都以爲收件人在地獄。」酒吧鬼說：「沒想到是寄件人在地獄。而且三生石沒有把怡君拉出來，代表她還活著？」

「什麼跟什麼啊？」藝術鬼抱頭：「天意竟然要人鬼戀？」

「啊！」志豪反應過來了：「難不成我都死了，當初暗戀的對象竟然也是喜歡我？而且還有天意認可？」

「現在要思考的重點是：金紙是誰燒的？」酒吧鬼開始分析：「如果是怡君燒的，但收信人是自己，也很奇怪。難不成天意要讓這信給志豪看到？」

「好混亂啊。」藝術鬼抓著頭說：「目前只知道燒金紙的人知道志豪死了，但不能確定是怡君燒的？」

「也有另一個可能，怡君也死了，但投胎了。」酒吧鬼忍不住看向孟婆亭：「喝了假的孟婆湯。」

「你混那一層的？」藝術鬼問志豪。

「磔刑地獄。」

「是盜挖墳墓的狠人。」酒吧鬼說。

「竟然還是愛情故事中的男主角？」藝術鬼說。

「難不成是我在挖那座墓時的英姿太過帥氣？」志豪說。

「這麼自戀？你愛上怡君的機會爲零啊。」藝術鬼說。

「別當眞啊，開玩笑的啦。」志豪說：「我的職業是考古學家啦。」

「忽然感覺沒意思起來了。」藝術鬼說：「我比較希望你就是個盜墓的。」
「磔刑地獄是處什麼刑？」酒吧鬼問。
「你知道烤鴨三吃中的片皮鴨嗎？」志豪說：「想像我就是那隻鴨。」
「如果在地獄盜了某人的墳，就會轉世到陽間被做成烤鴨嗎？」
「好問題。」志豪說：「我手癢了。我還沒盜過地獄的墳，一定會是忘不掉的經驗。」
「你是不是忘了有孟婆湯這東西了？」酒吧鬼說。
「在磔刑地獄太習慣了？有機會投胎，還想當片皮鴨？」藝術鬼說。
「接下來怎麼辦？」酒吧鬼說。
「接下來我只想關心，張志豪和陳怡君的愛情故事。」藝術鬼說。

情書7

「接下來我只想關心，詹曉軒和李沐璇的愛情故事。」黃韻佳說：「你最近好像和詹曉軒走很近耶！」
「我們只是普通朋友啦。」李沐璇說：「幹嘛這麼八卦？」

「我阿公說八卦才會創作出最偉大的藝術品，……還有裸體。」黃韻佳一臉嚴肅地說：「自我阿公前年走後，我就再也沒聽到這麼讓我感動的話。」

「你阿公應該也沒想到，這句話會讓你走向腐女之道。」

「有八卦有裸體，ＢＬ即是藝術。要不是因爲現實八卦稀缺，不然幹嘛追求故事中的八卦？想要的八卦太少變成自己編造八卦。」黃韻佳說：「如果發生什麼事一定要告訴我啦。」

「好啦好啦。」李沐璇嘟嘴地說：「就眞的沒什麼。」

「你看八卦稀缺啊。」黃韻佳說：「能八卦的只有我交到男朋友的事了。」

「什麼啊。那還一直想套我話。」

「我希望你也能和我一起脫單嘛。」

「什麼脫不脫單，快從實招來，到底怎麼認識到交往的，我要所有細節。還有所有進度報告。不然……我就呵你癢了。」

「哎呀，好啦好啦。」黃韻佳說：「其實就是網路認識的啦。小說版的留言，對方是少數有在看ＢＬ小說的男生。」

「珍禽異獸啊。」李沐璇說：「……還是禽獸。」

「然後就約出去了啊。我們就去咖啡廳看了一天的手機。」黃韻佳說：「就……邊幻想周圍的ＣＰ，邊用交友軟體聊，免得嚇到其他人。有時候還會因爲攻受不一樣，戰得你來我往的。」

「眞的是一對奇葩耶，你們就這樣約會？」

「是啊。」黃韻佳說：「我第一次交男朋友，他也是第一次，我們不知道怎麼繼續下去啦。我們還在商量，要接吻時也要試誰攻誰受最有感覺。可能還要拍照進行畫面確認及比對。」

「太有實驗精神了吧。」李沐璇說：「沒想到你這麼早交到耶，平時看你一直看那些小說漫畫，然後嘴巴一直說著：有這些我就夠了，沒有男人也無所謂。」

「我也沒想到。其實最近才第一次約會而已，他實在太可愛了，那次約會，其實我也幻想我男友是受，店員是攻，或他好兄弟是攻什麼……這麼可愛，果然是男孩子。幻想的過程好辛苦哦，我一邊幻想一邊聊天，他反而覺得我是高冷型的女生。和網路上有反差萌。」

「唔，手掌不要接觸地面，萬一被人發現，會被抓去做研究的。」（腐生物示意圖，此處引用這張圖爲梗https://news.gamme.com.tw/280454）

「小璇……」黃韻佳煞有其事抓住李沐璇的手：「我覺得詹曉軒一定是受。」

「你認識的男生，都是受？」

「八九不離十吧。」黃韻佳說：「有神祕感的男生才能使出各種出乎意料的攻。」

「現在的草食社會一定讓你充滿痛苦。」

「嗯，雖然你和詹曉軒走很近，但我覺得他一定不會主動，最後一定走到好人區去。」

「主動嗎？」

「是啊，除非有什麼特別的事發生。」黃韻佳煞有其事地說：「就我幻想的數萬個組合，結局大都一樣。」

「那有沒有『有鬼』的組合出現呢？」

「鬼？這個我還沒有幻想過，是男鬼嗎？」黃韻佳摸了摸下巴：「值得一探究竟。」

「你怎麼不和你男友聊聊呢？」

「說的沒錯，我現在就去討論看看。我先走了。鬼壓床。」

「直接把幻想說出來，若讓人發現，會被抓去做研究的。」

金紙

「你們是不是忘了本官還在這？」馬面一臉不爽。

「八卦才會創作出最偉大的藝術品，」藝術鬼一臉嚴肅地說：「還有裸體。」

「正事做完再說。」馬面還沉得住氣說。

「這就是正事。」藝術鬼話一說完就被馬面打飛。

「好討厭的感覺啊。」藝術鬼的聲音從遠方傳來，變成天空中的十字星。

酒吧鬼對藝術鬼的遭遇無限同情。

「地獄是有天花板的，他不會變成流星的。」馬面盯著酒吧鬼說：「我相信你不會像他這麼胡鬧。」

「唔，大人。」酒吧鬼說：「三生石並沒有把怡君拉出來，我們初判她人在陽間。可能還沒死。」

「人鬼不得相戀。」馬面狠狠盯著張志豪：「這事得上呈，由上面通報月老。」

「不管怎麼樣，張志豪都應該去陽間一趟。」酒吧鬼說：「或是天堂？」

「要到陽間？」馬面抓起張志豪：「喝了孟婆湯，進入六道輪迴吧。」

「我不要。」張志豪開始掙扎，但掙脫不開：「我要去找陳怡君，走六道輪迴，不就可能變成她兒子還女兒了嗎？這還是最好的，變成貓啊狗啊的怎麼辦？」

「是啊，大人。」酒吧鬼也當了和事佬：「天道不會讓人鬼相戀，也不會讓人和動物相戀。沒了記憶，還會記得感情嗎？」

「哼。眞麻煩。」馬面放開了張志豪。

「大人，可有將靈魂送到陽間的方法？」

「這個要十殿閻王全都同意才行。」馬面也十分頭痛：「本以爲動用三生石就解決問題了。現在要在零資金零預算下，連文判官都罷工的情形下跑史無前例的放鬼還陽，簡直難如登天。」

酒吧鬼無奈地不接話，這活自己也不想做，頓時都同情起馬面了。

馬面抓起張志豪脖子上的鎖鏈說：「這事因你而起，所有文件就由你來了。」

酒吧鬼對張志豪也無限同情：「今天對誰都產生同情，我大概是地獄第一好人。」

藝術鬼撞到天花板變成肉泥黏在上面，五天後才全都掉下來，折抵三日拔舌之刑。好不容易再從血池重塑肉身。藝術鬼走向酒吧鬼的東南亞風露天酒吧，可以在很遠的地方就看到馬面和張志豪也坐在裡面喝酒。

「鬼都到齊了，可以走了。」馬面說。

「去那？」還搞不清楚狀況的藝術鬼說。

「還陽。」

「這麼快？」藝術鬼說：「我不想喝孟婆湯，這樣我怎麼會記得各種八卦。」

酒吧鬼出來解釋：「這次我們不走奈何橋，也不走鬼門。」

「那要怎麼還陽？」

酒吧鬼也不知道，只能等馬面解釋。

「我們要去見地藏王菩薩。」馬面也不等其他人說什麼，口吟咒手結印，一將三鬼瞬間從原地消失，出現在一座竹門前，屋簷下一匾額寫著「普廣」二字。

馬面十分愼重地說：「此乃地藏王菩薩修行之地，直傳菩薩面前乃大不敬，此行需步行入內。」語罷便領三鬼入內。

院中只有一竹屋，此地清雅莊嚴，和腥風血雨的地獄十分不搭。地藏王菩薩最著名便是「地獄未空，誓不成佛」，此願望太過宏大，數千年過去地獄依然屹立不搖。

願望的力量（願力）太過強大，一將三鬼走向竹屋的每一步都十分辛苦。

「唵，娑嚩，婆嚩秫馱，娑嚩達摩娑嚩，婆嚩秫度憾。」此句各音節並沒有從耳朵傳到大腦，而是直接在大腦中出現，每字聲如洪鍾蕩氣迴腸。

「此乃淨三業眞言，三業爲口業，意業，身業。一入此地你們所有罪孽由地藏王菩薩承擔，此爲祂所願。但離開此地，天道會把罪孽從祂身上抽回歸還你們。」馬面解釋。

地藏王菩薩的行爲就是讓馬面等人失業，連閻王都覺得地藏王菩薩眞的是燙手山芋，這菩薩之願天眞到不行，但地獄上到閻王，下到獄卒，對祂也只有尊敬。

「知道集體潛意識吧？」馬面說：「一千多年前地藏王菩薩學習到陽間的這個想法

後，將地獄和集體潛意識連結，而成惡夢。白日若行小惡，晚上便入惡夢地獄服刑。」

「從此之後，夢境便爲陰陽兩間新的非正式橋樑。」

「菩薩直接到陽間渡化就好了吧？」藝術鬼問。

「地獄有地獄的做法，地獄爲天道而生，菩薩亦無力更改。」馬面回答。這也是地獄只能空，不能消失。

「有時候做了惡夢醒來很快就忘了，便是因爲孟婆湯？」

「沒錯，當你們進入惡夢地獄，需在魂魄喝過孟婆湯後，依附上去，隨之到陽間。人體會排斥不是自己的靈魂，會自動排出體外，大概會像被卡車撞到那樣痛一下吧，也要小心出來的點。」

「爲什麼還要有孟婆湯啊。」

「服完刑就當你無罪了。」馬面說：「無罪清淨的靈魂才能投胎。你們用這種方式回到陽間的，都需被城隍控管，而且本官也會用三生石監控你們。切記千萬別惹事。陽間也有奇異能人，到時候魂飛魄散的話，誰也救不了你。」

馬面說完對地藏王菩薩深深一拜，以竹屋爲圓心，約十公尺半徑爲圓，亮起了十八條不同顏色的光柱。

「現在你們碰地藏王菩薩的寶蓮就可以進入陽間了。」

三鬼碰到寶蓮後就消失了，馬面看了看三具沒有靈魂的屍體，覺得這樣打擾地藏王菩薩清修不太好，扛起三具屍體念咒結印把自己傳送走了。

情書8

「同學，請留步。」當詹曉軒路過一間算命攤時，忽然被人叫住。

典型的八角桌，一塊有點泛白的藍布畫滿了八卦遮住算命師的下半身。桌上放了籤筒，布滿八卦的羅盤和八卦鏡，空白的直行筆記。算命師穿著唐裝，戴著墨鏡，彷彿是奇異能人。旁邊像選舉用的旗子寫著「里長候選人王景基」里長候選人的地方被劃掉旁邊寫上「測字算命」，字意外地好看，下面還有一張沒有墨鏡微笑抱拳的本人照片，旗子就插在裝滿水的六升水桶中。

看到詹曉軒停下來，王景基連忙抓住機會：「同學，你可知道你印堂發黑？」

「令堂？我媽嗎？」詹曉軒說：「我媽發黑？」

王景基被回應嗆到翻了白眼，但白眼沒白費，他指著自己額頭說：「這裡這裡。」那樣子就像是對手拿著槍，還挑釁對方有種就爆頭一樣。

詹曉軒拿起八卦鏡看了一下自己額頭說：「沒有啊。」

「普通人是看不出來的，好在你碰到了我。」王景基一臉高深莫測地說：「你被不乾淨的東西纏上了。」

詹曉軒想想這幾天的遭遇，不知不覺就坐了下來。

有戲。王景基暗想，邊說：「洩漏天機是會折壽的。」

「是哦。」

要是一般人大概不知道怎麼接話，不過王景基的臉皮不是一般的厚：「洩漏天機的價格現在只要九九九就好。多便宜啊，還不用一千塊。」

雖然一千對還是學生的詹曉軒來說大概是三四天的伙食費，但他還是掏出錢來。也知道算命師總會說一些已知的東西騙人入坑，但是他還眞的說中一些事實，他也希望知道幫助或接觸陳怡君對自己會不會有影響。

王景基開心地收下錢，雖然現在已是黃昏，但總算開張了，對方又不殺價，也省了自己一堆口舌，就說：「收了你的錢後，代表你和我有緣，我必定不會對你見死不救。先聽我一句：你被厲鬼纏身了。」

「大師，我該怎麼辦？」詹曉軒皺起眉頭，感覺很擔心的樣子。

「此鬼乃冤親債主，原本他沒有注意到你，但你只要踩入他的地盤，他感受到前世今生的孽緣就找上你還債，這樣他才有機會超生。他會暗中讓你完成他的事，只要不做就會折磨你，甚至還會趕走你身邊的人，害你眾叛親離。到那時神仙都難救。」

「這麼嚴重？」詹曉軒心想：「難不成陳怡君其實是要害我很難交到朋友？」

「沒有和厲鬼有相同的執念是無法與之溝通的。」王景基搖了搖頭說：「他們活在自己的世界中，丟不下仇恨，將所有人都看成自己的仇人，直到找到眞正的仇人。」

「大師既然看得到有東西纏上我，敢請大師告訴我這鬼長什麼樣子？」

「長髮披肩，眼睛充滿血絲。」

的確有點像在講陳怡君，詹曉軒不禁點了點頭。

「……身穿戰甲。」

「啊？」

「唉，一將功成萬骨枯啊！你曾是他的將軍，在某次前線作戰，你將他的小隊當棄子犧牲掉了。他死不瞑目，就是想找你報仇。」王景基感嘆地說：「冤冤相報何時了啊。不過，你眞的幸運碰到我，任由他再這樣糾纏你，重則家破人亡，輕則長瘤身上病痛不斷。」

詹曉軒已經不知道該說什麼了，連「大師啊。我該怎麼辦？」都說不出口。

王景基心想：「你這傢伙不按劇本來啊。不問一下我怎麼接話啊？」

兩人沉默一下，還是王景基先打破僵局：「你和我有緣，像抄寫經書清心消災這種事就幫你省了。」說完從懷中拿出一串黃水晶項鍊，黃水晶不大，刻著「道」字，看起來像網住了黃水晶，說：「這塊除魔石便給了你，只要你戴著，不出十年，冤親債主討債不成，就不會再來糾纏你了。」

詹曉軒也不想說不著邊際的話，讓整個場面更加尷尬，就只好假裝十分感動，連連道謝。連王景基都傻了：這小伙子從頭到尾都冷冰冰，怎麼就現在忽然熱情過了頭。

之後詹曉軒回到家打開抽屜，就把黃水晶項鍊丟到最深處，並選擇性遺忘掉了。

注：王景基的故事，可見測字歐吉桑08〈對手〉一篇，不看也不影響劇情。

金紙 8

三鬼進到了寶蓮中，裡面空間大得嚇人，彷彿俯視所有地獄。除了十八層地獄基本款外，還有許多說不出的刑罰，像是從高空掉落，被恐怖的東西追趕，全身無力地完成目標，有人追趕卻逃不出去的空間，寫不完的作業，被馬爆擊，還有白天上班的情形。

「這個最討厭了。」張志豪說：「每次夢見白天上班我就氣，夢裡完成好多工作，醒來一樣都沒完成，而且沒有完成的記憶，連細節都不記得。」

「別鬧了，我們趕緊去找宿主吧。」酒吧鬼說：「我們越快把事情解決，就越快可以復原我的酒吧。」

到了人間後，三鬼從不同的地方出來，然後乖乖去找城隍報到，最後三鬼才聚在一起。

「你們是怎麼離開宿主的？」

「我不想說。」志豪離開夢境後從宿主每個毛細管排出來，然後慢慢把自己拼回來。

「我也是。」藝術鬼出來時，宿主正趴著睡，只能從排洩口出來。

「那就把這些事，留在自己的心裡吧。」酒吧鬼被生了出來，還撞到了房間的八卦鏡。

「走吧！到你的高中去吧。」酒吧鬼對張志豪說。

來到了張志豪當初的高中，除了土地沒變，其他和他當初就學時已經不一樣了。

「我當初唸的是木牆的教室，我也不知道現在教室在那裡了。」

「那我們就隨便逛逛吧。」

三鬼分開在學校遊蕩。志豪飄了起來，往學校最高的地方去，這是挖墳留下來的習慣，先把大環境看清楚了，其他事就好辦了，很快的碰到了陳怡君。

「是你。」志豪不禁驚呼：「你怎麼會在這裡？」

「我是鬼唷。你看得到我？」

「真的假的？」志豪往女孩走去，伸手想去摸女孩，但女孩沒有閃躲，眼睛睜大地看著志豪。沒出聲音，彷彿允許志豪的舉動。

志豪的手就摸過女孩的頭，說：「我也是。」

二十多年來第一次被實際碰到的怡君有點驚訝：「這是什麼感覺？」

「我也很好奇。」志豪說：「竟然不會痛。」

志豪到了陰間後，接觸到的幾乎都是刑罰。

藝術鬼默默站在某間教室的書桌前，都沒發現酒吧鬼找到他了，一回頭，酒吧鬼就指著頂樓。

「找到鬼了，該怎麼辦？」遠遠看著志豪和怡君的藝術鬼說。

「唔，放他們去解決金紙問題？」酒吧鬼說。

「有些感情到了地獄還可以開始，真讓人羨慕啊。」藝術鬼說：「我想了很久，要讓陽間多燒金紙，重點還是讓人們知道地獄的存在。」

「這個只有我們兩個很難做到。」

「如果我們能做到，那接下來還要解決北風和太陽的問題。」

「北風和太陽？」

「北風就是讓人們害怕死後到地獄沒錢打點，太陽就是讓人們回憶親人的溫暖並付出更多。金紙的問題，其實就是感情問題。」藝術鬼忽然十分嚴肅地說：「所以我們必須追到孟婆。」

情書9

「後來陳怡君怎麼了嗎？」李沐璇看到詹曉軒走來，就收起數學筆記先開口問。

「好像出現了三個鬼找她，之後就沒看到她了。」

「天啊，三個？都來搶她的嗎？」李沐璇說：「她一定很漂亮。」

「唔，我也不知道，應該不是。不過那三個鬼我也沒看到，是聽陳怡君說的。」

「是互相爭奪她就好了。」

「你很羨慕？」

「是啊。不過我也是說說而已。要這樣挺難的。」

「大多數男生對有男友的女生也都選擇放棄吧。」詹曉軒抓了抓臉。

「你不覺得去搶才是天性嗎？」李沐璇說：「如果在石器時代，還跟長毛象打招呼說：你不給我吃肉啊，那我放棄了。這樣的人活不下來吧！我們一定是強橫自私貪生怕死，而存活下來的後代。」

「所以當人搶到發生一堆問題後，才會制定法律吧。」明明詹曉軒也是爲了搶錢不擇手段，但此時聊天很開心，還是故意站到了反派。

「是啊。」

「你說那些鬼會不會是從地獄來的？地獄會不會是現實生活中的法律不公平才有的想像嗎？」

「有可能，但我覺得一切都是狗屁。」李沐璇不滿地說：「以前男尊女卑的時代，所想出來的處罰對女性也不公平，這種時代背景下的地獄幻想，也好不到那裡去。說不定連女生都對這樣不公平的處罰習以爲常咧。」

「是啊。如果是很輕的罪，地獄也不知道怎麼罰吧？」詹曉軒說：「例如把喝完的飲料往別人的腳踏車籃子放？」

「不，這是重罪，要下油鍋的。」李沐璇嘟嘴說：「要是被我抓到今天早上誰對我的腳踏車這樣做，我就油炸了他。」

「眞可怕。」

「哈哈哈。開玩笑的啦。人家是淑女耶。我要去忙了。」李沐璇轉頭頭髮甩到詹曉軒鼻梢，讓他聞到陣陣髮香。「和你聊天挺開心的，沒人可以聊這個。」

聽到這句話，詹曉軒的心臟加快到像是奔跑了幾百公尺，自己也不知道原因。

燒完金紙後的十多天，陳怡君就看到張志豪了。是地獄太有效率嗎？後來陳怡君才知道，陽間一年，地獄十年，這十多天地獄已經過去了半年了。這半年地獄也不太平靜。

「原來情書眞的是你寫的。」陳怡君說：「其實我也很常注意你，你總是在走廊和李昶華聊天。」

「是啊。」張志豪說：「我當初寫的情書，請李昶華轉交，結果他也喜歡你。不想在我署名的地方加上『昶華和』三個字，就用刀片很整齊地把名字切掉了，聽說爲了切到看不出來，還不能失誤，練習了很久。」

「爲什麼，最後……你把情書要回去了呢？」

「因爲我遲遲沒有等到回應，其實不管是好的壞的回應都好。」張志豪落寞地說：「完全不在意，眞的挺傷人的。」

「其實……。」

「我知道，沒有署名，你以爲是李昶華寫的。」張志豪說：「要回來後，我才知道他不想要我手腳比他還快。那時，我也因爲家庭關係，無法繼續升學，得快點去找工作，我還有一個妹妹和一個弟弟要養，辛苦一點的話，至少他們能上大學來改變生活。」

「沒想到，就這樣錯過了。」陳怡君說：「找到你竟然還是寫在金紙上的情書。唉，等情書寫在金紙上才能送達，眞的是太遲了。」

「不遲。」張志豪意外地露出了爽朗的笑容：「是天命。」

「你也相信天命？我一直覺得我困在這也是因爲天命。」

「我不得不信。」張志豪的話特別有說服力，也感染了陳怡君。

「不過，我們都死了，沒有肉體，我根本就不知道對你有沒有心跳的感覺。」陳怡君說。只剩靈魂而沒有像胃痛，心跳加速，冒汗的感覺，喜怒哀樂的感情也是建立在身體各種接受到的訊號並隨之反應。

「唔，在地獄我們必須跳下血池，重塑肉身再到各層地獄受罰，這樣就有感覺了。」

「但……我被困在這裡出不去啊，而且我也不想下地獄。」

「如果有誰的身體可以借用就好了。」張志豪露出淺淺的微笑。

「太壞了，不過就這樣做吧。」陳怡君也露出淺淺的微笑：「我正好有人選。」

金紙9

「我正好有人選。」酒吧鬼說：「你又出這種鬼主意，你就加油自己完成吧。」

「鬼當然出鬼主意啊。」藝術鬼說：「你就不好奇爲什麼我這樣講嗎？」

「光聽開頭，我大概會想揍你一頓。而且我覺得聽完，我可能也已經把你揍完了。」

「也太有效率了吧？」藝術鬼說：「陰間中，唯一不屬於地獄的人就只有地藏王菩薩了。而他還開了第二條通往陽間的道路，通往陽間的道路從此多了一條。你想想看，如果我們用第一條通往陽間會發生什麼事？」

「就投胎啊。」

「沒錯，投胎前也是要喝孟婆湯吧？」藝術鬼說：「所以如果『完成告訴陽間的人，陰間你們需要多燒金紙』的任務，我們必須不能喝孟婆湯才會記得吧。」

「就一個鬼投胎到陽間，講完要多燒金紙，至少要花十多年吧。早就過了下次中元節了吧？」

「當然是講完就自殺啊。」藝術鬼說：「沒喝孟婆湯的話，至少會知道怎麼運用肌肉吧？當然一出生就可以講話啦。雖然沒有牙齒，可能不太清楚，也沒辦法咬舌自盡。」

「太鬼畜了吧，你要造成多少父母產生多大心理陰影啊？」酒吧鬼說：「而且你要多少鬼去做這種事啊？」

「也不用太多啊。」藝術鬼說：「陽間一年，地獄十年。回到地獄後，就算慢慢跑流程，對陽間來說也只是一天不到的事而已，一個鬼可以反覆投胎。到時候多付點金紙就好了。」

「別鬧了。自殺是大罪，不是你拔幾次舌頭就可以贖罪的。」酒吧鬼說：「一回到陰間直接關入枉死城，出不來了。天啊，你沒被加刑拔舌頭？你是認真的？」

「我覺得枉死城完全沒有存在的必要，想死的人，讓他再去陽間活一遍才是處罰吧。」藝術鬼說：「別緊張，現在地獄大罷工，誰來增加我的刑期？」

「你搞錯了吧，增加刑期的是天道。現在只是執行者罷工。」酒吧鬼忍不住用手按摩自己的太陽穴：「和你聊天最累就在這裡，又是拔舌，又是枉死城的，不要把話題一個不漏都接下來，越走越偏啊。」

「好啦，我剛剛是認眞的。」藝術鬼說：「回到正題，在不知道有夢境這條路前，我們本來就只能靠投胎把訊息弄到陽間吧。」

「就不能靠網路什麼的嗎？」

「閻羅王直播嗎？Only fan？」

「別往我腦子裡裝可以輕易想像並忘不掉的東西！」酒吧鬼無奈地說：「血池幫你重塑肉身時，是不是給你一個裝水的腦子？」

「這次是你跑題哦。」藝術鬼沾沾自喜，好像贏得抬槓比賽第一名的獎杯後，還打算隨時拿出來炫耀一下。

「你原本的方案就繞不開孟婆吧？」

「沒錯。」藝術鬼說：「像我們這樣可以回陽間而沒失憶的，要不是地藏王菩薩幫忙，機率太低了。要不是孟婆有時在試做新湯，又碰到記憶力特別好的鬼，再加上喝了什麼返祖藥。陽間十幾年不會出現一個。」

「孟婆是天道產生的職務，就算是地藏王菩薩打通到陽間的通道，也是要有孟婆看守的。」酒吧鬼說。

「沒錯，所以現在我的方案風險更低了，只要讓人們都記得自己的夢就好了，然後讓陽間的人知道燒金紙可以了。」

「所以我們要回到陰間了？」

「是啊。而且我們得趕快回去。」藝術鬼說：「在陽間可能待個一天，但陰間停擺十天。套一句我在陽間常講的話『早死早超生』。」

兩鬼跑去和張志豪講一下話後，先向城隍再通報一下，就走鬼門關回陰間。

「說要追孟婆，你有沒有想過：地獄沒有可以讓你約會的地方？」酒吧鬼說：「難不成你要說：『我們去泡個湯吧！你看這油鍋的溫度剛剛好？』或是『我們去看夜景吧，地獄的山上都沒蚊子，就是腳下刺刺的。』」

藝術鬼一臉正經，用很認眞的眼神說：「要得到女孩子的芳心，一定要靠眼神。」

情書10

詹曉軒在星期五聽陳怡君的話，到學校一趟幫忙把鐵盒埋回去，也約了李沐璇，不過詹曉軒早了一個小時到學校。

一開始張志豪試著要附詹曉軒的身，結果重疊一點點就被彈出來。只好由陳怡君試著附身，結果重疊在一起就成功了，絲毫沒有難度可言。

「竟然成功了？」張志豪覺得不可思議，不過，他也察覺到，詹曉軒正在東張西望：「該不會……附身後就看不到我了？」

張志豪默默地走到陳怡君的正對面，卻感覺到詹曉軒眼神的焦距並不在自己身上。陳怡君對著空氣自言自語，假裝張志豪還在這裡：「這個視野好奇怪哦。我猜啦，應該是和執念有關，只能附身看得到鬼的人。計畫眞的趕不上變化。我有點擔心解除附身，會被詹曉軒發現，還是先別解除。等你附好身，來教室找我吧。」

「咦，是你。」李沐璇之前看過詹曉軒查到的訃文和資料，所以認得出張志豪，並先打了招呼。今天的天氣很熱，李沐璇穿著很符合夏天的白色連身裙，撐著一把陽傘，全身縮在陽傘的陰影中。

「你看得見我？那就太好了。」張志豪還在想要去那找人附身呢，竟然是好友的女兒看得見自己。

「誰來了？」李昶華問。不放心女兒週末出門，騎著女兒最喜歡的粉紅色電動機車載著女兒準備停在校門口，看著校門已經改建過了，心裡有點感慨：大概就是這種時候，才會覺得青春永遠不會回來了。

看著比回憶老上很多的高中同學，張志豪心情十分複雜，從問句中，也了解到當初一起喜歡同一個女孩子的朋友，已經沒有相同的執念了。

「沒什麼。」李沐璇說：「沒想到把第一台重機取名爲怡君，還會邊洗車邊親車身的人，竟然會騎這種沒有聲音的車？」

「你……你……。」被說出過去最羞恥的回憶之一，總會想把所有都知道的人殺掉再自盡的李昶華，一時說不出話來。知道這件事的人不多，而且已經死了啊。

「開玩笑的。阿……爸～不用送了。」輕易附身的張志豪，挖苦完好友，忘了現在身分是對方的女兒，叫對方爸爸眞的宇宙世界無敵尷尬。又不是當初罵的「幹你娘」成眞了。

張志豪嫌陽傘妨礙走路的速度，覺得拿著陽傘太過嬌弱就收了起來，大步走路又感覺下半身的感覺不太一樣，有點涼，步伐有點小，兩腿間幾乎沒有磨擦。視角前進很慢，陽光火辣辣的。雖然有點在意，但此時更想趕到教室，証明心動的感覺。

走進教室，發現空無一人。感覺走錯教室了，又出門確認一下。

「怡君，你在那？」張志豪並沒有很習慣自己的聲音。

「用手把眼睛遮起來。」陳怡君說：「不然我不會出現唷。要得到女孩子的芳心，一定要靠眼神。」

張志豪只好照做，少了視覺，其他感官反而增加了，已經長年在不見天日的地獄，其實張志豪更習慣黑暗。他感覺有手揮到他，抓了他肩膀就放開，還來不及反應，背上已經貼上陳怡君的背，感覺溫暖又厚實（畢竟是男生的身體），陳怡君的頭只要後仰一下就可以撞到他的頭頂，心想：這是……最萌身高差嗎？眞的挺不錯的。

「好了，可以張開眼睛了，但不能動哦。聽我的指示。」陳怡君說：「先深呼吸感受一下。」

兩人背對背感受著對方，張志豪忽然想調皮一下，用屁股頂了一下陳怡君的屁股，結果對方穩如泰山，自己差點彈了出去。

「你忘了你是女生了。」陳怡君笑了出來：「都要測試心跳的感覺，沒什麼比這樣更好了。我們往前走十步……不，三步吧。然後數到三後轉身。」

竟然是西部式的對決？

「我每數一聲就前進一步，喊到零時就回頭。」陳怡君說。

「三。」兩人都十分緊張，不約而同同手同腳。對於離開溫暖的背有些失落。

「二。」此時都聽得見自己心跳，更精確地說，血脈賁張到聽到耳朵動脈的聲音。

「一。」最後停下腳步，很明顯的氣氛變化，陳怡君輕輕閉上眼睛，張志豪卻連眼睛都不敢眨。（會這樣做的人，接吻時大概也是這樣。）

「零。」兩人同時轉身。

因爲身高差，陳怡君沒看到人，低頭看到張志豪。

因爲身高差，張志豪只看到胸口，抬頭看到陳怡君。

當兩人四目相接時，比起心跳的感覺，更覺得犯了低級錯誤很好笑而笑了起來。

「你看到什麼？」陳怡君問。

「是我喜歡的人。眼角的痣和我印象中的一模一樣。」

「你也是，你左臉的疤還在呢。」

張志豪更高興可以見到幾百年苦等的人，感謝執念，就她算是附身在一個男生身上。此時激動到控制不住自己，主動牽起陳怡君的手。此時兩人才又意識到自己在做什麼。各種感官的衝擊，世界開始五顏六色明亮了起來，心跳的拍子快而且悅耳，配合呼吸的節奏都感覺那麼美好。

長時間都沒碰觸到人，和體會身體強而有力的刺激，兩人馬上分開後開始乾嘔。浪漫的氣氛瞬間消失。

「哈哈哈」這不是笑聲，而是喘氣聲，張志豪的反應最大，因爲陽間一年是地獄十年，對身體幸福的感覺從幾光年外瞬間拉到眼前，實在太過刺激。像是有懼高症的人離開地面很久，卻是用瞬間的方式，忽然到了地面。最後竟然打嗝乾嘔一起出現。「嘔。」一聲出了出來，陳怡君連忙輕拍張志豪的背。

被留校查看的其他班同學路過，只看到李沐璇不停在乾嘔，詹曉軒好像在安慰她，同學吃驚地摀住自己的嘴：「難不成她……懷孕了？？」

金紙 10

藝術鬼和酒吧鬼都穿著超級花的襯衫，還不扣起來，就這樣紮在緊到不行的皮褲裡。皮褲光澤亮到扭一下就閃一下，像壞掉的日光燈。擦亮的皮鞋上還掛著寬度一公分左右的金鏈子，就藝術鬼的說法是：這樣和脖子上的金鏈子才搭配。

「你說要靠眼神？那爲什麼還要戴墨鏡？」酒吧鬼抱怨著。

「墨鏡是爲了神祕感。」藝術鬼說：「不要以爲維持專情認眞的眼神很容易，要不是很愛對方，就要靠演技，而演技就需要累積情緒啊。等情緒到了，再拿下墨鏡後，對方就會以為你一直保持這個眼神。」

「又信了你的話，只能怪我自己蠢了。」酒吧鬼把墨鏡丟掉了。

「是你不懂，你知道日本忍者的瞳術吧？都要一直閉著眼，然後張開就發功啊。這是相同的道理。」

「我就知道血池做出來的腦子，也是水做的。」酒吧鬼無言地說。

「等等，你看。」藝術鬼連忙把酒吧鬼拉到三生石後面，兩鬼就從三生石後面露出眼睛看著。

孟婆正在和一個帥哥鬼聊天，帥哥鬼穿著是古裝，和孟婆站在一起，是樣樣都配合，郎有才女有貌，陣陣陰風吹得髮鬢連襟飄在空中，更像一幅畫。

酒吧鬼看了看她們的畫風，再看了看自己的，又看了看她們的，又看了自己的，忍不住發出一聲：「嘖。」

「沒事的，我們有我們的優勢。」

「除了讓對方同情我們腦子嚴重損傷外，沒有別的優勢了。」

「用不著腦子，要得到女孩子的芳心，一定要靠眼神。」藝術鬼說：「有眼睛就行。」

「現在我們怎麼出場？」

「不然我們改把帥哥鬼爭取過來？」

「等等。再看一下。」

孟婆好像聊到很開心，手一伸就憑空變出一碗湯來。帥哥鬼的臉和在偷看的酒吧鬼和藝術鬼一樣，面露出難色。

「看來我們只能一個人上了，你看那個帥哥鬼，要被灌湯了。」藝術鬼說。

「他的表情瞬間放鬆了耶。光聞到湯的味道就忘了不能喝湯了。」

看到帥哥鬼喝完湯就倒下去了。酒吧鬼和藝術鬼縮回三生石後面連看也不敢看。然後聽到「汪汪汪汪汪」的聲音。

「帥哥的前世大概是一條單身狗。」

「幹嘛認定對方就是單身狗？」

「不然就是吉娃娃。」

「懶得理你。」酒吧鬼說：「現在怎麼辦？」

「我開始害怕了。」藝術鬼說：「能不能你來？雖然是我的計劃，但我腦子比較靈活，比較能臨時應變。」

「想得美。」酒吧鬼：「你不想忘掉你的藝術，我也不想忘掉我的酒吧。我已經放棄輪迴了，而你早晚要爲了投胎喝上一杯的。」

藝術鬼臉色變了幾次，忽然一腳把酒吧鬼踹出三生石，邊學酒吧鬼的聲音和語調說：「孟婆，我想跟你說句話。」

「你……」酒吧鬼想衝回去三生石也來不及了，已和孟婆四目相接了。

「怎麼了？你想說什麼？」

酒吧鬼腦子一片空白，只想起來藝術鬼說的「要得到女孩子的芳心，一定要靠眼神。」就一直試著用這樣的眼神看著孟婆。

「你的眼神充滿恐懼耶。我很嚇人嗎？」孟婆說。

眼睛眞的是靈魂之窗，以爲自己是深情的眼神，結果還是洩露了內心的恐懼。酒吧鬼就看到孟婆手上又拿出了另一碗湯。聞到湯的香氣，連什麼女孩的芳心，什麼眼神都忘到九霄雲外了。眼神也變柔和，身體和表情也放鬆起來了。

「等等。」酒吧鬼說：「飲料是拿來聊天的吧？喝了你的湯我還能跟你聊什麼呢？」

「那你有什麼建議？」

「我有酒。」酒吧鬼故作一派輕鬆：「你有故事嗎？」

「接下來我們來試能不能離開校園吧。」張志豪說。兩人就很習慣性地用靈體穿牆式來走出教室，結果兩人忘了自己已經有身體，狠狠地衝上牆壁。

（在靈體狀態坐電梯更慘，電梯上去了，只能傻傻地看著一樓的電梯門。）

「光牽個手就這樣，擁抱的話會死人的。」張志豪還是很難過地說。

陳怡君張開雙臂作勢想抱，張志豪連忙後退好幾步。這種好像在海灘上玩你追我跑的老哏，此時兩人也玩得不亦樂乎。一個不是眞追，一個是眞逃就是了，張志豪還是有點擔心自己再暈過去，身體就還給李沐璇了。

「別玩了，接下來我們來試能不能離開校園吧。」張志豪說。兩人走到校門口，張志豪很輕易地就走出校門。

此時的陳怡君有點害怕，每次她試著走出校園的邊界時，彷彿都被看不見的電網給電到外焦內嫩，雖然兩三天後就可以回復，一開始還是會隔幾天就試一次看看，覺得電網只是一時的。等到放棄後，心裡也留下陰影了。

看到陳怡君閉上眼睛，有點不敢嘗試，張志豪說：「別怕，有我在。不然你就閉著眼睛，聽我拍手的聲音走過來吧。」

張志豪像是鼓勵第一次在學走路小孩的媽媽，希望他能順利地前進，不要跌倒，雖然在拍手，但雙手隨時都會張開準備接住他。沒錯！他，張志豪忘了現在陳怡君正在詹曉軒的身體裡面，比李沐璇的身體高出不少，也沒有足夠的力氣可以支撐「他」。

「沒什麼比這樣更好了。我們往前走十步……不，三步吧。然後數到三後轉身。」張志豪急中生智說：「你要往後倒也可以，我會接住你的。」

陳怡君笑了。有人支持真好，雖然最後被電的，也可能只有自己，但已經有勇氣往前走了。

「走過了沒？」當陳怡君想問時，手已經被張志豪牽住了，不過他是拿著連身裙的一部分隔著牽的。

「沒想到可以通過校園了。」陳怡君說：「以前學生時代，看著咖啡廳就覺得好高級，一直覺得裡面的氣氛很適合坐著情侶。出社會後，我只知道早上一杯來醒腦，都只在便利商店買了就去上班。我們去咖啡廳聊聊天吧。」

「好啊。」張志豪看著自己的連身裙，並沒有找到放錢包的口袋：「可是……」

「不用擔心。」陳怡君笑道：「詹曉軒的爸爸很大方的，每次他想和女孩出去，就會給一千塊，但又過沒多久就搬家，這些錢他都沒花，放在皮夾中。而且詹曉軒最近也賺了不少錢，其中也有我的份。」

「那多花的要怎麼還他？」

「我們只能用金紙還了。」陳怡君說：「等他到陰間再還吧。」

坐在咖啡廳，陳怡君一臉滿足地享受香氣，果然咖啡廳的氣氛很好，彷彿時間都慢了下來，沒有什麼需要急的事，雖然他們能相處的時間很短暫，天一黑就要把身體還回去，免得他們的家人起疑心。

當服務生送上黑咖啡，陳怡君很急著嚐了一口，卻受不了那個苦味吐了出來。靈體的時間太久，都忘了身體的感受了。此時兩人都像剛出生的嬰兒一樣，得重新認識這個世界。

張志豪卻喝得有點習慣。

「剛剛牽個手你就乾嘔成這樣，爲什麼你喝咖啡沒事？」陳怡君不解地問。

「這個比地獄受的苦不算什麼。」張志豪苦笑地說：「在地獄連吃都算是受罰，這一點點苦味眞的不算什麼。在地獄這麼久，太幸福的事，我反而不習慣。」

「也是。我也是上班後，才習慣喝咖啡。有時候，我覺得那些過勞猝死的人，大概連自己下了地獄都不知道。」陳怡君又喝了一口咖啡說：「好苦，你眞厲害。」

金紙11

「好苦。」孟婆喝了一口酒吧鬼準備的飲料說。

「地獄嘛。」酒吧鬼說：「如果東西好喝，處罰就沒意義了。」

「連我也要接受處罰？」孟婆說。

「沒辦法。」酒吧鬼笑了笑：「我這只有這個。」

「你這裡挺通風的。」孟婆看了看只有四根柱子的酒吧，穿著古裝卻怡然自得，不會覺得自己和環境不搭，還顯得十分理所當然。

酒吧的常客聽到孟婆要來，全都跑光了。這些熟客大概會覺得這裡的酒之後都不能喝了吧？酒吧鬼想到這裡就苦笑了起來。

此時藝術鬼卻大搖大擺，慢慢地走進了酒吧。身上的金鍊子加上發亮的皮褲一閃一閃，酒吧鬼眼睛都瞇了起來。

「唷，今天來了稀客啊。還是個大美女。」藝術鬼一樣在吧台坐下，但離了孟婆三個位置的距離，一看就知道腿還不停地發抖，還裝模作樣地說：「和以往一樣來杯啤酒吧。」

酒吧鬼看了一下孟婆，孟婆微微一笑：「你忙吧。」

酒吧鬼倒了一瓶啤酒，慢慢地走向藝術鬼，給了一個「你來幹嘛？」的眼神。

「我來幫你啊。」一樣是眼神回覆。

「你打算怎麼幫？」只會用眼神溝通了。

「英雄救美？」

「好，就這麼決定了，趕緊去對孟婆（美）找碴。」酒吧鬼眼神還夾雜著：「我看你也不敢。」「我看你打算怎麼做？」之意。

藝術鬼打翻酒吧鬼的啤酒，馬上抓起酒吧鬼的領子，但太急了，反而抓到了金鍊子，大叫：「你這傢伙是不是瞧不起我？我這皮褲價值連城，你賠得起嗎？」

酒吧鬼十分無奈：藝術鬼果然不能相信，說英雄救美，結果「美」竟然是我自己。但這時最考驗隨機應變，只好演出驚恐的表情：「沒有沒有，我怎麼敢呢。」

「啊啊啊。」藝術鬼大叫：「我這皮褲都縮水了，好痛啊！」又把酒吧鬼抓得更緊了。

孟婆似笑非笑地走來，藝術鬼嚇到連叫都不敢叫了，腦子一陣空白，還得絞盡腦汁：「看……在大美女分上，就放過你了。便宜你這小子了，沒想到有美女看上你這種笨手笨腳的人，也算你上輩子燒好香了。」說完一溜煙就跑不見鬼影。

「你朋友？」孟婆一樣似笑非笑地說。

「很不幸。是。」酒吧鬼無奈地說：「你都發現了？」

「一樣的金鍊子，一樣的皮褲，你們穿得一模一樣。我還以爲你們是雙胞胎呢。」孟婆問：「這那招？英雄救美？」

「我也不知道。」這就是眼神交流的壞處，連靈魂之窗交流都不能相信的地方，只有地獄了。

「說也奇怪。幾千年都沒人敢接近我，竟然今天就出現三個？」

「剛剛那東西也算？」

「算啊。」孟婆忽然皺起眉頭：「難道地獄出了什麼事？」

「不要這樣想，不會地獄出事才會有人想認識你啦。」酒吧鬼邊清理桌面邊說：「我就很想認識你，想聽你的故事，如果不介意我常要清理別人留下的爛攤子就好。不不不……不是說你是爛攤子。」

酒吧鬼有點不知所措，腦子想到什麼就講什麼，此時不知道自己是不是用工作來讓自己不用看向孟婆，引得自己心跳加速，還是單純直話直說比較省事。

「他總是在酒肆中向我邀舞。」孟婆眼睛直直看著酒吧鬼說。

「他？」

「我並不是一直都是孟婆。」孟婆開始回憶過去：「我也不知道我是第幾任孟婆了。

傳說中第一任孟婆是第一個死去的女人，而閻王是第一個死去的男人。一開始地獄就只有這樣。」

「亞當和夏娃啊？」

「不知道你在說誰。」孟婆繼續說道：「每任孟婆總有做不下去的時候，這時候，他們就走進輪迴，到人間再度過生老病死。有些鬼喜歡輪迴，有些鬼喜歡陰間，而不再輪迴。孟婆大都是不喜歡輪迴的。」

「我懂，我這次服完刑後，就決定不再輪迴了。」酒吧鬼說：「這次，我想開個酒吧，做我在陽間一直想做的事。」

「重點是：我也曾經爲人，卻不再想踏入輪迴……」孟婆停頓了一下說：「……在地獄等他一萬年。」

情書12

「眞希望我們有一萬年的時間。」張志豪嘆了一口氣。

「你說他們知道附身的事後，還會讓我們用這樣的方式約會嗎？」陳怡君也開始感傷了起來。

「先珍惜現在吧。」

「嗯。」兩鬼都知道時間十分緊迫，得趕緊把想做的事都做一做，沒有時間感傷。

「我在學校的時候，最喜歡待在天台了。」陳怡君說：「看到喜歡的點，就飛下去探索一下。好不容易我們在這城市最高的咖啡廳，我們來找看對什麼有興趣吧。」

難怪要來景觀咖啡廳，在這裡喝咖啡真的心曠神怡。不過現在是白天，如果是夜景應該會更浪漫吧。不過，在傍晚要把身體還給原主人，想想又開始有點鬱悶。

「你看，只要走小小一圈，不但可以看到美麗的風景，還可以決定可以去那玩。」陳怡君一臉快誇誇我的樣子。

「眞厲害，我都沒想到。」張志豪忍不住笑了起來，心裡卻覺得她有盜墓的潛力。

「看，那裡有摩天輪，我想去。」陳怡君十分興奮：「那裡應該是遊樂園。」

「沒問題。我願意陪你上山下海。」張志豪笑道：「到上刀山下油鍋。」

「什麼跟什麼啊？」

「地獄哏？」

「好像不是這樣用的。那裡好像很好玩，好想趕快去哦～」陳怡君好像忘了自己附身在人身上，很習慣想從高處跳下去。

張志豪連忙拉住她的手：「別衝動，現在有肉體，這樣很危險。」

兩人又確認一次眼神，嗯！還是對的人。陳怡君雖然不介意手被牽著，但受不了圍觀的氣氛。

「不會吐了？」

「唔～」張志豪又忍不住摀住自己的嘴又乾嘔起來。

要是不注意聽他們的對話，大概只會聽到「肉體」，「危險」，「嘔吐」，一定會產生滿滿的誤會，尤其是李沐璇的好友黃韻佳正在和男友也在這約會還聽到這些東西。黃韻佳不聽還好，一聽不得了，馬上就想衝上去相認，不過被男友鄧律儀拉住。

「誤會？有這個可能？好吧，再看一下吧」黃韻佳還一臉得意：「詹曉軒的氣質果然是受，我的眼睛果然超雪亮。你也這樣覺得吧？」

鄧律儀看了他們一眼，對自己女友「嗯。」了一聲。

「你說的沒錯，」黃韻佳說：「現在又變成像是詹曉軒主導耶，好像來這裡就爲了找下一個地方約會。」

鄧律儀是個沉默寡言的人，一天他都說不了幾個字。黃韻佳平時就是一個愛幻想的女孩，用想像力大大補足了溝通的這一塊，不但可以知道鄧律儀想說什麼，也填補很多沉默的時光。他看了詹李兩人一眼，露出微笑。

「你說有可能是非典型攻嗎？」黃韻佳思考了一下，然後眼睛就亮了起來：「有本。」

兩人又低下頭討論了，那種竊竊私語雖然很吸引目光，低著頭也看不出是誰，陳怡君和張志豪也在自己的世界裡所以沒發現。

黃韻佳興致正高的時候，聽到後面桌子傳來哭聲，一眼看過去，只看到迷彩釣魚帽，帽子以下被椅背高度中等的沙發擋住了，大概整個人像爛泥一樣躺在沙發上才會這樣，隱隱約約聽到一個男子的哭聲：「我的女兒啊！我還沒等到……想到……太快了，這一天來得太快了。我沒做好心理準備啊。」

鄧律儀拍一下黃韻佳的肩膀，看到詹曉軒和李沐璇好像要離開了。

「決定好去那玩了嗎？」黃韻佳說。

鄧律儀將右手往腰一叉。

黃韻佳把手放在男友的手臂上說：「當然啦！我們跟上去，他們怎麼約會，我們就怎麼約會。約會還有八卦看，八卦就是讓我們約會昇華的藝術品。」

金紙12

「八卦才會創作出最偉大的藝術品。」藝術鬼閃過這個念頭後，又專心在創作中。

他因爲放不下心，偷偷跑回來躲在吧台，卻看到酒吧鬼和孟婆正在跳舞，要跳舞怎麼可以沒有音樂呢？利用八卦馬上創作一首歌。

地獄除了尖叫聲的合唱團，並沒辦法輕易弄到樂器。藝術鬼隨機應變拿出杯子裝不同分量的酒水，做出簡易的敲打樂器，從一開始不成調的叮叮咚咚，慢慢變成曲子。邊看八卦邊激發靈感創作，拍子也是跟著舞者的步伐演奏，盡力做到相輔相成。

「太激動了！」酒吧鬼覺得拍子有點太快，而且聽到杯子被打到缺角的聲音，感到心疼不已。

孟婆幾千年也都沒喝酒了，喝了一點就醉得很快，一醉就回想起過去：和陽世的戀人在酒肆跳舞的事。

雖然與佳人跳舞，佳人雙眼矇矓，但酒吧鬼就覺得對方不是在看自己，從眼神偏離的角度，很容易猜出來：孟婆的戀人比自己高了一顆頭啊！

「爲什麼？爲什麼妳不爲自己弄碗湯？如果一碗不能解決，可以用兩碗啊。」酒吧鬼心想。

「你說：三生石是不是毀掉比較好？」孟婆嘟囔說。

「啊？」

「要投胎的人都要喝一碗孟婆湯，沒人記得來生的事。會記得的，就地獄的工作人員，和鬼。」孟婆忽然氣憤地說：「為什麼我要記得？忘記了，三生石又會提醒我？」

「忘不了他，好不了的傷，不知道放棄還是掙扎。」藝術鬼唱。

「一萬年來你辛苦了。」酒吧鬼不理會藝術鬼瘋狂暗示快撤退，安慰著孟婆。

「沒有鬼懂我。我不相信你也懂。」孟婆說。

「慢慢說吧，我聽。」酒吧鬼說：「如果不介意我常要清理別人留下的爛攤子就好。不不不……不是說你是爛攤子。」

「別說話，快回家，如果還有這樣的地方。」真的爛攤子（藝術鬼）在唱。

「我忘了難過的事了，只記得最平凡的事卻也是最開心。我和他生活在海邊，他需要捕魚，我做一些針織活貼補家用，有時候還會補上好人家的高貴絲綢。他為此感到不開心，因為他不希望我做這些，應該要讓我穿上高級衣服，所以覺得自己沒用。」孟婆眼角泛著淚光：「幹嘛覺得自己沒用，我會跟著沒用的人嗎？啊，對不起，弄到你的衣服了。」

「沒關係，還好它不是高貴絲綢。」

「是啊。」孟婆眼淚大小像扯開的珍珠串開始滑落到酒吧鬼的衣服上：「有天他出海，碰到颱風，再也沒回來，他就這樣離開我了。在整理遺物的時候，才發現他偷偷存一筆錢，就為了讓我穿上好衣服，省吃儉用。後來他的船在幾十哩外的海岸找到，船上有一個新手印，我想是不是他最後抓住的地方？卻因爲我……因爲讓我穿上好衣服，卻抓不住了？」

「你不是他，你沒有翅膀，給不了她要的陽光。」藝術鬼唱。

「……給我一點時間去清理一下爛攤子，好嗎？」酒吧鬼邊微笑地邊用倒退的方式接近吧台，好像不想讓孟婆起疑心，孟婆沉浸在自己的回憶中，也沒發現什麼不對勁。

一到吧台，就先給藝術鬼的臉上來一腳。這一腳踩完還往他嘴巴踩一腳，藝術鬼吃痛，嘴巴忍不住咬緊，酒吧鬼應付過一堆醉鬼，預料到會有這樣的情形，反而是把腳抽了出來，讓皮鞋留在藝術鬼嘴裡，抓起藝術鬼在他耳邊說：「最好別把鞋吐出來，因爲你再多嘴我就打斷你四肢。你如果讓我再發現你的存在，我就打斷你四肢。聽懂沒？」

藝術鬼點了點頭。

酒吧鬼放開藝術鬼後，一拐一拐地走向孟婆，怒想：「早知道另一隻鞋也留在他嘴裡。浪費了我半天擦鞋的時間。」

孟婆自己找了椅子坐下，酒吧鬼覺得不用跳舞而放下心來：「早知道就先把音樂給停了，今天事後諸葛的事也太多。」便也在孟婆身邊坐下。

「久等了。」酒吧鬼溫柔地說：「我還想聽，然後呢？」

「我死後到了陰間找不到他了。他投胎了，我想等他，而上一任的孟婆正好想找接班人。」孟婆說：「她聽了我的故事，說曾經有一個漁夫抱著三生石哭了很久，又哭著求她別讓他喝下孟婆湯。」

「啊。」

「沒有鬼離開地獄是沒有喝湯的。」孟婆又哭了起來：「爲什麼他不等我？爲什麼他要走？」

情書13

「他們坐上公車了。」黃韻佳說。

「嗯？」鄧律儀皺起眉頭。

「對，他們比我們早坐下，只要看著走道，我們很快就會被發現了。」黃韻佳說：「賭賭看吧。」

兩人故意最後上公車，排在最尾端。此時戴著釣魚帽的大叔，騎上了粉紅色電動機車，狠狠盯著公車，手抓在油門蓄勢待發。

一上公車，張志豪就發現不太對勁了：「以前公車不都會放音樂嗎？司機提神用？」

司機聽到後說：「現在禁止了，讓乘客聽到沒有授權的音樂算是侵權。」

「啊！眞可惜。」

「看你這年紀，你怎麼會知道以前公車會放音樂？」

「唔……我先找座位了。」張志豪和陳怡君找到位置坐下。

黃韻佳也上了車，緊緊盯著李沐璇想看她的反應，但是李沐璇好像不認識自己了，正感到困窘，車子開動了，黃韻佳重心不穩，習慣性手去拉了拉環，還正好在李沐璇旁邊，把整個臉都露了出來。

「這下她一定會發現的。」黃韻佳緊張到了極點，卻看到李沐璇整個人縮了起來，將頭埋在雙膝。鄧律儀連忙一手擋住黃韻佳的臉，一手幫她穩住，掩護她前進找位置。黃韻佳心想：「阿璇是故意裝作沒發現，算是默許我跟著了？」

「怎麼了？」陳怡君問。

此時張志豪眼角都泛著淚光：「我看到有人手舉起來，想起了地獄的生活，只要身邊有獄卒這麼做，就是無盡的折磨……我忽然恐慌了起來。這身體的反應比我在地獄用的還敏感。」

「現在我們不在地獄了，如果你還無法緩過來，看看身邊的我或周圍的環境，在心裡默念你看到什麼。」

張志豪心情慢慢平緩下來，想緩解一下氣氛並轉移話題：「好可惜現在公車不會放廣播了，以前新的歌都從那學呢。」

「是啊。以前最喜歡一個叫黃明英的歌手？」

「阿公？」黃韻佳聽到熟悉的名字一驚呼，就被男友摀住嘴巴。好在並不大聲，張陳並沒有發現。

「咦，我也是耶。」張志豪開始唱起：「別說話，快回家，永遠都有等著我的他。看著窗外的光，溫暖充滿心房，就算再冷不怕。」

「我喜歡的另一首。」陳怡君也開始唱：

「忘不了他，堅持的信仰，努力維持堅定的步伐。一定有希望，只要有夢想，最後一定能一起奔向遠方。」

「一靠近他，像多了翅膀，彷彿隨時都充滿陽光。」張志豪邊唱邊靠近陳怡君的耳朵。

「還有這種玩法，而且還是阿璇主動耶。嘖嘖嘖。」黃韻佳竊竊私語中。

「咦，好亮。」陳怡君說。

「只是歌詞啦，不是真的有陽光……」

一道光照在詹曉軒身上，而陳怡君慢慢離開詹曉軒的身體。這段約會這麼快就要結束了嗎？這世間還有太多美好的事耶。陳怡君心情馬上落寞起來，白光很快就消失了。

張志豪並沒有看到白光，只看到陳怡君像忽然斷電停了一下，隱約出現詹曉軒的臉就忽然消失，心想：「肉體開始影響靈魂了嗎？大概是我看錯了吧？」

在地獄無數的折磨日子中，不知道爲什麼，一直出現在回想裡的，不是最快樂或最悲傷的回憶。而是坐在公車上從後座看著前座的陳怡君後腦勺的日子。慢節奏的音樂，昏暗的陽光。雖然在那之後也碰到了李衵華，還因爲兩人誤以爲對方是跟蹤狂，而不打不相識。每次回憶忽然跳出來時，總是思考自己會怎麼做，感覺就更能撐下去了。

此時戴著釣魚帽，騎粉紅機車跟在公車後的大叔李衵華，也想著同樣的事，但內心更是五味雜陳。

「沒事沒事。」陳怡君不太想讓志豪知道發生什麼事，就胡亂說著：「詹曉軒受不了耳朵有人吹氣吧。」

後座傳來紙筆唰唰奮筆疾書的聲音，她完全沒想到詹曉軒會用第三人稱稱呼自己，而陷入自己的幻想中。

金紙13

「你怎麼把人弄哭了？」帥哥鬼插入酒吧鬼和孟婆中間，並把酒吧鬼推開。酒吧鬼看到對方站在一起郎才女貌，自慚形穢，不禁心想：「這才是英雄救美。」

「你……你不是喝了孟婆湯？」藝術鬼看情形不對，已不是吃鞋的時候了，就衝出來挺自己兄弟。

「我醒來正好就在三生石旁。我原本也不知道那是什麼東西，但我看到了我自己的前世和今生，就全想起來了。」帥哥鬼把孟婆扶到旁邊的椅子上安頓她。

「我們又沒弄哭她，而且那輪得到你這個陌生鬼來插手？」藝術鬼得理不饒人地指著對方。

臉上明明有腳印，滿嘴鞋油的鬼，偏偏一副正義凜然的樣子，帥哥鬼眞的忍不住想笑，但還是板著臉說：「陌生鬼？算了，懶得跟你們計較這麼多。」說完轉身就扶孟婆說：「我送你回去吧，你醉了，好好休息吧。」

「你跟孟婆是什麼關係？怎麼可以讓你說帶走就帶走？」藝術鬼說：「誰知道你是不是壞鬼？」

「一起喝湯的關係。」帥哥鬼冷笑：「我們都今天認識孟婆，但你敢一起喝湯嗎？在這地獄中，那裡有好鬼？」

藝術鬼有點縮了，還想硬說些「只要在三生石旁，誰不敢？」什麼的。不過，要聊天藝術鬼那會怕，馬上就拉出酒吧鬼：「喏～這裡不就有一個好鬼。」

酒吧鬼說：「要走要留，讓孟婆決定吧。」

「我還想喝點酒。」孟婆說時，酒吧鬼就有點開心，卻聽到帥哥鬼蠻橫地說：「喝醉的鬼能決定什麼。」

「酒又叫忘情水，她現在需要這個。」酒吧鬼怒瞪著帥哥鬼：「她都說要留下來了。」

「剛才就是看你這個人怪怪的，才灌你一碗湯，還想要再來一碗嗎？」孟婆這樣一說，帥哥鬼的臉色就變了，雖然看起來還是自信滿滿，但是雙腳似乎在顫抖。這裡可沒有三生石啊。

「孟婆啊！」帥哥鬼冷笑：「你知道接近你的鬼是誰？這兩個鬼把地獄弄得一團混亂，來接近你，肯定不安好心。」

「你……你……你怎麼知道？」藝術鬼說完，又被酒吧鬼踢了一腳，這樣回應眞的是欲蓋彌彰，還顯得心虛。

「我們是想解決問題。在聽完孟婆的故事後，我們決定幫她找人或鬼。」酒吧鬼說。

「我們？」藝術鬼問，心想：怎麼我也算進去了？

「眞的嗎？」孟婆眼睛亮了起來。

「你們？」帥哥鬼冷笑：「你們找鬼的方法不就是在金紙上寫情書嗎？如果沒被馬踢

就代表是對的鬼？地獄不就被你們搞到罷工？別以爲同樣的招數還有用。」

孟婆聽聞後，無奈地低下頭：「最後，都沒有能幫我解決問題的嗎？」

資訊不對等，讓酒吧鬼和藝術鬼十分被動，處處挨打，無力反擊。叫孟婆先幫忙的話，兩鬼也沒有把握能找到人或鬼做爲回報，那這份要求就說不出口。

「說不出話了？」帥哥鬼說。

「可惡，我好想揍他。」藝術鬼眞的氣得牙癢癢的。

「你只會挨揍吧。」酒吧鬼不忘吐槽藝術鬼，但又沉默了一下，也是咬牙切齒地對帥哥鬼說：「天下無難事，只怕有心鬼，就算……」

酒吧鬼一個字一個字地說：「就算……這裡是地獄。」

情書14

「這裡是地獄。」鬼屋的工作人員A說：「這間鬼屋就蓋在以前的刑場上。要不是我八字重，不然沒辦法在這撐上三天。別說三天，我猜你大概撐不上一天。」

「前輩，這次你大概猜錯了。」工作人員B說：「我祖父是張天師第一百三十六代傳人啊，我把各式符紙，鎮邪之物都帶來了。」

「那就趕緊把有問題的地方都貼上去啊。」工作人員A說：「其實我撐不到明天了啊。」

「我已經都放好了。」

「你是第一百三十八代張天師傳人嗎？」

「前輩，你問這是什麼問題？」工作人員B說：「我是傳人怎麼還會做鬼屋的工作嗎？」

「但這工作說不定是爲張天師傳人量身打造的。」

休息室的黃燈開始閃爍，代表有人進來了。工作人員A和B連忙跑到自己的崗位上準備嚇人。

進來鬼屋的是黃韻佳和鄧律儀，他們兩人只有一支手電筒，在看不見周圍環境下，小心翼翼地前進。

他們並不是跟丟人，而是在公車上聽到詹李二人可能會去鬼屋，想先來探路，並試著湊合兩人。心理學中，讓人把因爲恐懼的心跳誤認爲是戀愛的心跳，這叫吊橋效應。

黃韻佳心想：「如果吊橋效應在地獄也有的話，那愛上獄卒眞的是分分秒秒的事啊。此處有本。」正事要緊，她搖了搖頭，想把雜念甩出腦袋。

工作人員D試著去嚇他們時，黃韻佳嚇到抱住鄧律儀，而鄧律儀被嚇到卻是一拳揮出去。工作人員D倒下時，心裡只有一個念頭就是：「這裡是地獄。」

「怎麼辦怎麼辦？」黃韻佳忍不住大叫。

「唔。」

「沒有幫助好嗎？」黃韻佳親了一下鄧律儀的臉頰：「不過……謝謝你保護我。」

鄧律儀的臉一下就紅起來，不過鬼屋很暗，黃韻佳並沒有看到。

兩人有點手足無措。小小的手電筒無法照出整個工作人員D，等到他們慢慢地看清D時，才發現他臉上只塗了簡單的白粉，補妝用的白粉盒也隨身帶著，身上也只披著挖洞的白布而已。

「你來代替他？」

「嗯。」

「不要擔心。」黃韻佳說：「聲音我來。」

黃韻佳幫男友臉上塗上白粉，飛揚的白粉嗆得鄧律儀發出「咳咳」的聲音。

「啊！我怎麼聽不懂你是什麼意思？」黃韻佳頓時難過了起來。

鄧律儀忍不住覺得好笑，抱了抱黃韻佳。

「好啦！我知道了啦。我頭上都是白粉了啦。」黃韻佳把白粉拍掉，認真端詳自己的成果：「好像少了一點什麼。」

「嗯？」

「這鬼屋的人潦草了事，但這不是我的風格。」黃韻佳看了滿地的符咒，挑了幾張最像真的撕下來，結果還冒了一陣煙：「哎呦，這個的細節倒是挺像真的嘛。」感覺背後還有點自帶黏性，很容易就貼到了鄧律儀的臉上。

「好多了，雖然只有到我要求的七成，但在這樣的環境能弄成這樣，就很不錯了。」黃韻佳說。

鄧律儀把工作人員D拖到遊客看不見的死角，不過這個地方其實有一條路可以直通到休息室。現在工作人員很少，有時候要跑到不同地方和伙伴一起組隊嚇人，然後再跑回自己的固定地點迎接下一組客人，其實時程都卡得很緊。黃鄧二人此時還不知道，他們做的事很快就要被發現了。

進到鬼屋的是被附身的詹曉軒和李沐璇，從監視器上看來，就是男生幾乎半蹲抓著女生的衣角。

「這裡好怪，亮得像……」張志豪說：「亮得像刀山地獄。」

金紙14

銀白色山丘，不是被雪覆蓋就是遍地芒草。但這裡是陰間，芒草如刃卽是刀山。孟婆和酒吧鬼就在地獄第七層刀山地獄的山腳下野餐，這裡是褻瀆神靈和殘殺生靈者受刑的地方，地獄罷工後無鬼在此，少了哀號和血，竟是地獄最美的風景。

刀山的地面清潔如鏡，一塵不染，原是讓惡鬼只能靠著刀鋒當支撐點。酒吧鬼把水果往山上一丟，然後算好水果落下來的地方，就用盤子接著被切好的水果。

「這地方眞好。」酒吧鬼感嘆著說。

「虧你想到這個地方。」孟婆也沒想到地獄會有這麼美的地方。這地方當然不是酒吧鬼想的，而是藝術鬼。畫畫講究就是圖層，畫地獄繪圖時，先畫刀山，再畫鬼或血流成河，可以從腦中推算出各種畫面。

之前和藝術鬼開玩笑的話，馬上就變成追妹計劃，實行人還是自己，酒吧鬼無言以對。

本來各層地獄並不相通，如今獄卒罷工，加上贖罪劵的出現，所有罪都量化成通用貨幣，反而可以互相抵罪，也造成地獄各層的邊境消失。藝術鬼搞爛地獄金紙體系，反而創造新的受刑模式，也許他眞的是天才。酒吧鬼能到刀山地獄，也是拜天才擁有各層贖罪劵所賜。

「先吃水果吧。」酒吧鬼說：「我帶了西瓜，蘋果，梨子。都讓刀山給切好了。」

「好吧！」孟婆不懷好意地露出微笑說：「就先吃水果吧。」

「不知道怎麼稱呼你才好。」酒吧鬼說：「大家都稱你是孟婆，但你看起來又不老，眞的是姓孟嗎？」

「孟婆已經變成一種職業了。」孟婆說：「不然就叫我孟孟吧。我好朋友就這樣叫我。」

「孟孟。」

「還眞的有點怪，會這樣叫我的人眞的沒幾個人。慢慢習慣吧。」孟婆說：「吃完了，我們上山吧！」

「上山？」酒吧鬼大吃一驚：「我以爲我們只是來這看看而已。」

「都來了，不上山多可惜啊。」說完孟婆脫掉自己的鞋就跳到最近的一把刀上。

「天啊。你還會輕功？」

「不是啦，這是功德。」孟婆解釋：「在地獄分送孟婆湯，也是在累積功德。地獄的東西只會傷害有罪之人，只要身有功德，大都傷害不了我。讓我想到你的酒……竟然是苦的，害我懷疑鬼生很久。」

孟婆身子一沉，刀子像是有了彈性將她彈了出去，就聽到：「呵呵呵。來追我啊。」

「這裡又不是電視劇上的海邊沙灘，是刀山耶。」酒吧鬼知道沒人聽得到，還是忍不住吐槽。試著碰一下刀子，發現眞的不會傷鬼，好在自己是受刑完自願留在地獄。但沒有足夠功德，只能撥開刀刃前進。

遠方盯梢的帥哥鬼知道這刀山是會傷了自己，咂嘴一聲並沒有跟上。

此時藝術鬼正抱著馬面大腿：「拜託再給我用一次三生石吧？」

「你又不投胎，又不用找鬼。以爲三生石讓你說用就用？」馬面說：「你把地獄當自己家啊？」

「我就是爲了找人啊？」

「找人？找鬼？」馬面一臉疑惑地說：「你又惹了什麼禍了？地獄被你搞成這樣還不夠嗎？」

「沒有，怎麼可能。」藝術鬼只好說起幫孟婆找人的事。

馬面一聽完藝術鬼的要求後就說了：「三生石幫不上忙。三生是前世此世來世，這些已經有大量的數據了，如果第四次投胎，那前前世的紀錄就會被洗掉，只會保持三世的紀錄。」

馬面說：「孟孟到……」

「孟孟？」藝術鬼插嘴說。

「孟婆是我姐妹淘，本官都這麼叫她，你有意見？」

「沒有沒有。」

「孟孟到陰間時，她老公已經輪迴兩次到陽間了，所以三生石再也查不到他了，而孟孟如果不投胎，三生石也不會知道她的來世。只有願意喝下孟婆湯的人，三生石才有來世的紀錄。」

「所以……」藝術鬼很快就發現問題：「孟婆的老公應該是一次輪迴後，用三生石看到和孟婆的前世，願意喝下孟婆湯後，又看到自己的來世，發現自己可以找到孟婆，而拒絕喝下孟婆湯？」

藝術鬼覺得事情好像沒這麼單純。

情書15

陳怡君也覺得事情好像沒這麼單純：「鬼屋不是應該很暗嗎？爲什麼這裡這麼亮？」

「我也不知道，但這裡眞的好怪哦。」

「嚇啊！」鄧律儀嚇完就跑，身藏功與名。

「你看到剛剛那是什麼了嗎？」陳怡君問。

「我什麼都沒看到。」張志豪縮成一小塊，地獄的心理陰影讓他受不了風吹草動：「剛剛那個鬼出現時最亮，而且一出現我都覺得附身有點困難。」

這裡還是昏暗的鬼屋，但是因爲貼了眞的符咒，對張志豪和陳怡君來說有法力的光芒在，才會變得亮到不行。但對鄧律儀和黃韻佳來說，這裡又昏暗，兩人靠得又近，緊張感加聞著對方身上的味道，心跳加速。

「我覺得這裡好像有點可怕。」張志豪說。遠方的黃韻佳聽到李沐璇的聲音就開心握拳比了勝利的動作。

「鬼屋不都是這樣？」陳怡君說。

他們碰到一個鬼聊了起來，她原本只是單純等著喜歡的人或鬼，但是莫名其妙就被封印住了，但運氣很好，一下就被另外兩人解開了。希望陳張兩人可以把其他符咒都拆掉。不過陳張兩人拒絕了，他們也沒辦法碰那些符咒，但也了解剛剛嚇他們的人身上的符咒就是眞的。

「吼哦！」忽然出現一個看上去像五六歲的小鬼，身穿白衣出現在兩人面前。

「好可愛。」陳怡君忍不住抱了她，但手直接從她身上穿過去。

「是眞的鬼。」張志豪說。

陳怡君還是不停想抱住小鬼，在黃韻佳眼中，看起來詹曉軒正在做奇怪的邪教儀式。

「唔，小女孩，你怎麼會在這？」張志豪問。

「我一直都在這，今天不知道怎麼被封印起來了。」小女鬼說：「救我的人想嚇你們，所以我也來嚇你們。吼哦。」

「太可愛了。」陳怡君捧心：「我心臟快受不了。」

「姐姐，你看起來和我好像哦。」小女鬼說。

「你是轉個彎誇姐姐我可愛嗎？」陳怡君開心地說。

「你說她是姐姐。」張志豪問：「你看得到她眞實的樣子？救你的人是誰呢？爲什麼他們要嚇我們？」

「停停停。別嚇到我們家小可愛。」陳怡君沒好氣地說，轉頭對女孩說：「來，跟姐說：想嚇我們的人在那裡？」

小女鬼往後一指，陳怡君和張志豪對視一笑。

在鬼屋中滿地金紙是很可怕，但是在兩鬼眼中，卻是溫暖浪漫的感覺。雖然沒看到黃韻佳他們在那。陳怡君開始撿起地上的金紙，張志豪見狀一笑，也跟著撿起金紙。小女鬼不知道兩人在幹嘛，就覺得有趣，跑來跑去，看到金紙就指著讓兩人去撿。

黃韻佳覺得兩人怎麼遲遲還不過來，正想去看，卻聽到腳步聲。連忙幫鄧律儀整理一下，自己打開手機錄影模式，心想：「肥水不落外人田，好姐妹的八卦……不，是藝術就由我守護。」今天也錄了不少了，這個應該一樣經典。

「嚇啊！」鄧律儀在黃韻佳暗示下，再次出擊。

兩鬼還是嚇到了，他們是故意被嚇的，嚇到後手不自覺一拋，滿天飛舞的金紙，讓黃鄧二人也嚇了一跳。

八目相接，時間彷彿被暫停住了。

「可惡，被發現了。」第一個反應過來的是黃韻佳，拉著鄧律儀的後領往出口奔去。

陳張兩鬼大笑了起來，小女鬼也掩嘴而笑，這間血汗鬼屋自存在以來，唯一出現的笑聲。

「這小女鬼怎麼辦？」陳怡君問。

「我離不開這裡。」

陳怡君很懂這種感覺，心想：如果到地獄，也許還有一起受罪的人可以交個朋友。卻沒想到她誤會藝術鬼和酒吧鬼是張志豪的朋友了。

「你繼續在這嚇人吧。如果有人可以看到你，你就能附身出去了。」陳怡君虛空摸了摸小女鬼的頭說。

金紙15

孟婆摸了摸雪人的頭。酒吧鬼和孟婆在冰山地獄堆雪人。奇怪的是，跟屁蟲帥哥鬼不見了，才跟一次刀山地獄而已。聽孟婆說，帥哥鬼之後就沒來約他了。酒吧鬼鬆了一口氣，上次被帥哥鬼虐到心有餘悸，看到他就有一種草木皆兵的感覺，擔心隨時都會被攻擊。

才一分神，跑來一個小男鬼，正在和孟婆一起堆雪人，笑聲不斷。

酒吧鬼心裡無奈：「少了一個帥哥鬼，又來一個小帥哥鬼。」冰山地獄專收謀害配偶之鬼，這麼小的鬼應該也是拿贖罪劵來的吧！

「我想堆很多很多小雪人，堆到冰山山頂。」小男鬼好像堆雪人堆上癮了。

「這是獄卒的工作哦。」酒吧鬼講完有點後悔，吐槽小孩眞的有失身分。

酒吧鬼看著小男鬼天眞無邪的眼神苦笑，因爲藝術鬼一句「追女孩一定要靠眼神」，就開始注意起其他男鬼看孟婆是什麼眼神了。

要受刑的鬼爬到冰山山頂才算受完刑罰，而獄卒會在山頂用滾雪球的方式把鬼都打回山腳，如此反復。

孟婆只是來旅遊的，並沒有如此堆雪人的宏願。地獄兩座著名白岳（刀山和冰山）都到了，也算開了眼界。只對小男鬼說聲：「加油。」就退到一邊和酒吧鬼聊天。

「好久沒這樣子開心了。」孟婆說。

「堆雪人嗎？」

「是和小孩玩了。」孟婆的回答讓酒吧鬼心臟漏了一拍，她繼續說：「我老公死後，我才發現我懷孕了一個月有餘。之後我還是把他生下來了，是一個男孩。我兒子循規蹈矩，見到不對的事，就一定會出言損人一下。說起來，和你好像。」

「兒子卡？沒想到是兒子卡。此卡只應地獄有，人間能得幾回聞。」這句話被酒吧鬼硬生生塞回肚子裡，轉為苦笑回應。塞回肚子這種事不能多，再多就要把藝術鬼拖到十八層地獄痛毆幾拳了。

「你很少講起你的故事。」孟婆說：「我說了不少我的故事。你說說看，我想聽。」

「我的故事和你很像？」

「你也生了一個男孩子？」

「我生了三個……是我老婆生的啦。」酒吧鬼說：「哎呀，不是這個像啦。是我做的事和你有點像。」

「怎麼像法？」

「當我在酒吧看到我老婆的第一眼時，我就愛上她了，算是一見鍾情吧。」酒吧鬼說：「她是那麼完美，我只想當一個配得上她的男人。」

「很好啊。」孟婆問：「你有在地獄等到她嗎？」

「你也知道我在等？」酒吧鬼說：「我好不容易服完刑，爭取到不用再次輪迴，打造了我們第一次見面的酒吧，等了五六百年卻沒有等到她。她大概又再次輪迴了吧？我也不知道要不要再等下去。」

「如果都是在等……天堂和地獄又有什麼區別呢？」孟婆無奈地說。

「天堂一年，等於人間十年，又等於地獄百年。天堂等比較快。」酒吧鬼說著說著頭慢慢低下來了：「爲了維持我美好的形象，我做了不該做的事。我只要做了我覺得印象不好的事，我就會給她下藥，讓她以爲是一場夢，然後在她做夢的時候好好思考該怎麼做可以留下好印象。」

「你該不會第一次見面就迷昏人家吧？」

「愛情來得太快，藥卻不是隨手就來。」酒吧鬼說：「好在我第一次見面留下好印象，也追求到她了。」

「你竟然是同行？」孟婆揶揄笑說。

「我的地獄只有一個人。」酒吧鬼又不小心快速吐槽，也馬上發現自己的錯誤：「是我的天堂。」

孟婆有點羨慕，但又想起自己的事，回說：「那她有對你一直有好印象嗎？像天堂一樣？」

「並沒有。」酒吧鬼說：「她在六十多歲時發現了，第二天我就再也沒看到她了。我三個兒女知道也不告訴我，後來我也受不了兒女看我的眼神，過著獨居老人的生活。死後三週都沒人知道，孤獨地死在家中。」

馬面帶藝術鬼去文判官的倉庫看生死簿存檔，一打開倉庫的門，燭火從近至遠一一亮了起來。亮的速度極快，卻亮了半個小時都還沒停。

「天啊！天……啊……！天天天……啊啊啊……！」藝術鬼忍不住說。

「吵死了，說一次就好了，爲什麼要重複這麼多次。」馬面抱怨道。

「我只有講一次，其他是回音。」

情書16

「拜託，可以換錢嗎？」有一個穿著合身西裝的年輕人，手上拿著兩張一百元鈔票焦急地問著，還不停地看著手錶。

好不容易有人停下來幫忙，拿出錢包後，年輕人很開心地看了一下，最後又沮喪地揮揮手。最後他看到一對情侶從鬼屋有說有笑地走出來，又問了一下。

這對情侶就是被陳怡君附身的詹曉軒，和被張志豪附身的李沐璇了。陳怡君從褲子後面拿出皮夾，結果掉出一張金紙，是剛剛天女散花時掉進去的，促狹地問：「這個可以換嗎？」

「你八字是多輕？要常帶這東西？我是要換上面流水號中，有1314四個連號和520三個連號的百元鈔。」年輕人說：「我是伴郎，我朋友今天結婚，伴娘要兩張可以象徵性我愛你一生一世的百元鈔票。」說完，十指交扣，緊閉雙眼祈禱現在就能換到。

「咦。」無巧不成書，陳怡君就看到皮夾中各有一張。

「眞的太好了，救了我一命了。」這個伴郎很高興地說：「如果你們願意，也來參加喜宴吧。正好有兩個人缺席，你們來讓我們請吧。」說完便拉著兩人走。

「現在結婚都玩這麼大嗎？」張志豪問。

「哪個年代結婚不是玩這麼大？」伴郎無奈地說：「以前結婚是鬧洞房，現在結婚是伴娘關卡，基本上就是鬧洞房提前了。」

「很有趣啊。」陳怡君說。

「有趣是有趣，但知道爲什麼我拉你們吃喜宴嗎？」伴郎說：「新郎新娘的爸媽快瘋了。眼看良辰吉時就快過了，伴娘還在堵門，吃喜宴的人也陸陸續續都要到了。現在他們一定不在意喜宴的人數變了，而是希望喜宴快點開始。」

新娘是外地人，在遊樂園附近的飯店住下，雖然喜宴的地方就在飯店的地下一樓，迎娶結束可以就近到喜宴會場，但就算這樣年輕人就是愛玩關卡遊戲弄得很晚。

「可以看一下嗎？」陳怡君問。

「應該可以吧。」伴郎無奈地說：「在門外看就好了。」

交出代表愛意的兩百塊後，伴娘開心宣布接下來的關卡。

最後一關叫「火熱之吻」，伴娘把新娘房間的鑰匙給冰起來了，新郎必須用熱情的吻把它融化。最慘無人道的是，這是旅館的鑰匙，連後面鑰匙圈含卡牌全都冰起來了，足足用掉六百毫升的水。

新郎並沒有蠢到融化所有的冰，而是找了離鑰匙最近的地方進攻，大概只要融化六分之一的冰就好，但也不是一帆風順，有時候舌頭還會被冰塊黏住，要淋水來救，淋水也有助於融化，說不定就是因為這樣才故意黏住。

「這是拔舌地獄加冰山地獄嗎？」張志豪心想，新郎的樣子和第一次看到藝術鬼的感覺差不多，舌頭失去彈性和痛覺，在不在嘴巴外自己都不清楚，舌頭上充滿口水或是融化的水。

新郎拿著冰手顫抖地打開門鎖，打開門的那一刻終於看到新娘了。新郎看到將要走一輩子的人這麼美，不由得呆了，那一刻又有戀愛的感覺，但做出來的動作卻完全不像，他把舌頭推回去嘴裡，然後用手背把嘴巴擦乾淨，看起來就像色痞。

張志豪覺得時代改變之大，自己被狠狠拋在後頭，「用冰山地獄來拔舌也許更方便耶。以後地獄刑罰來參考伴娘關卡活動好了。」

新娘扶起新郎，慢慢走向伴娘，然後給伴娘頭就是一個栗暴，伴娘知道自己玩太過火了。不過新娘出手後，也代表恩怨扯平。伴娘吐了吐舌頭，還戲謔地對新郎說：「我可不是在學你。」

不知道是伴娘被打大快人心，還是玩笑話精彩。全場竟然歡呼起來了。

注：新娘與新郎的故事，可見測字歐吉桑03〈主角〉一篇，不看也不影響劇情。

金紙16

在油鍋地獄，觀眾開始全場歡呼了。

就因爲帥哥鬼站在台上說：「今年火熱之吻取消。」

這是由獄卒主辦，每年額外的處罰。傳說中蠻橫之人死後的處罰，是進入口中食物都會燒起來變成灰燼。獄卒的惡趣味，就是弄個比賽，讓那些鬼舌吻，看誰先被當食物燒起來。只要被燒成灰燼後，再去血池重塑肉身就好了。被燒掉最多次的可以抵一定的刑罰。

獄卒大罷工，當然這活動也取消了。畢竟這種活動就像陽間尾牙還沒辦法好好吃一頓，而是還要準備上台表演。所以取消掉大家十分開心。

帥哥鬼走下台後，回想起過去，在陽世間的工作是總裁，掌管上千名員工，就因為個性十分霸道，最後還是墮入餓鬼道。不過能力還在，在獄卒大罷工時，很快就變成群鬼的領袖。

「我記得拿到金紙上的情書的第一個鬼就在油鍋地獄。但是發生大罷工事件後，他就不見了。」酒吧鬼說。

「怎麼又是你？」帥哥鬼看到酒吧鬼和孟婆約會到自己的地盤了，真的氣到火冒三丈。

「來找你聊天啊。」孟婆說。

「跳過聊天，直接當我的女人吧？」帥哥鬼說。

「你以為你是霸道總裁哦？」酒吧鬼忍不住吐槽。

「生前是做總裁關你什麼事？」

「還眞的是？失敬失敬。」

「別理這個白痴了，只會降低你的智商。直接跟我來吧。」帥哥鬼連看酒吧鬼一眼都沒有，眼睛就直直盯著孟婆，就等孟婆一個回答。

「嘖，我和孟婆什麼交情，雖然在陽間沒有一起上山下海培養興趣，但一起上了刀山，現在只差下油鍋了耶。」酒吧鬼說。

「嘖。」帥哥鬼不爽，但卻很無奈，在陽世間還算高富帥，但到地獄後，只剩下帥，和一身的刑罰。也拿不出什麼浪漫的約會行程，只能咬緊牙關都咬出血了，淡淡的血絲味讓他心生一計。

「來！生火。」帥哥鬼開始招呼小鬼們把像湖般大小的油鍋升溫，但傳統方式升溫實在太慢，帥哥鬼就跑去跟獄卒談論發包問題，正因爲他手腕了得，獄卒馬上開通了火山地獄的地熱，不到十分鐘，油鍋就開始冒沸騰的氣泡了。

「今天讓你吃頓好料的。」帥哥鬼說：「本鬼代理獄卒監管刑罰，山珍海味受刑者優先，願裹粉者，我無條件收半張油鍋贖罪券。」

在帥哥鬼有條不紊的指揮下，一道一道的美食端上來了，豬雞牛羊不在話下，熊掌魚翅上了桌。只要想吃什麼，就有什麼，比陽間任何一間動物園能看到的還多。只是熊貓掌看起來就像黑熊掌一樣，不然孟婆想吃，也弄得到。滿漢全席都遜色不少。

「好像還缺一道菜。」帥哥鬼有點不滿地說：「剛剛不是聽到誰說只差下油鍋的？」

「呵呵呵，就多謝帥哥鬼招待了。我的確喜歡這道菜。」孟婆開始吃起離她最近的**嫩炸豬頰肉**，裹粉炸過真的又酥又脆，一邊吃還一邊用斜眼看了一下酒吧鬼。

都被這樣看著了，好像不下一次油鍋就輸了一樣。換酒吧鬼咬緊牙關都咬出血了。一不做，二不休。酒吧鬼跳入油鍋。

生死簿庫。

馬面帶藝術鬼到孟婆死去的那年，光從門口走到這就花了一個時辰。

「一年一本。慢慢看吧？」

「陽間的一年？」藝術鬼問。

「陰間的。」

「那要看上一萬本？」

「給你一個方便。」馬面指了指出口，說：「到那就看完了。」

藝術鬼看過去，他記得出口有燈，但卻只看到一片漆黑，如在凝視深淵。而深淵也在凝視著他。忽然膝蓋一軟就跪了下來。

情書17

看到新郎跪下來求婚，而新娘接受了。最後圍觀的親朋好友都開始歡呼，聲音最大的，就是攝影師了，而接受的那一刻，彷彿連手機都握不住的樣子，晃到不行。應該是挺感人落淚的一刻，但大部分是看影片有點暈車造成的。

喜宴還是準時開始了，放著新郎和新娘認識的過程。是從片場認識，新娘是臨演，新郎是替身。然後開始各種約會的合照，有上山下海；有去動物園，模仿各種動物；有吃大餐的照片，豬雞牛羊不在話下，都吃過一輪。隨著約會次數越來越多，兩人越來越靠近，最後結束在求婚的照片和拍很爛的求婚影片。

「沒想到拍這影片的還是專業攝影師。」新郎無奈地說。

「不是說好不講這個的嗎？」伴郎說。

其實陳怡君看得有點感動，如果也有辦法累積類似的回憶就好了。目前就只有今天的回憶，從見面，到咖啡廳，到鬼屋，到參加喜宴。這段回憶，也許值得自己在腦海中反覆播放好幾次。

「現代的婚禮眞的有趣，我以爲這種人生走馬燈只有死前才看得到。」張志豪說出一些陳怡君心裡的話。

但是陳怡君還是忍不住吐槽：「你已經死囉。」

「有些事……死過一次才會懂。」張志豪無奈地說。

說得兩個人都沉默起來了，低頭吃著嫩炸豬頰肉。

才第一次約會，就已經要論及「婚嫁」的話題，實在是太早。雖然張志豪算上暗戀加死後的時間，換算成陽間大概有兩百又十年，但眞的約會卻才第一次，這麼久的日子，其實他心裡一直在想，當初主動點就好了。但自己也很沒用，最後還是靠別人推了一把才和喜歡的人坐在這。

「我這個身體的爸爸是我好朋友。」先打破沉默的是張志豪，說：「其實我還當過他伴郎。」

「你們當初看起來就很要好？」

「其實是……我們當初都很喜歡你，但沒人敢告白。當初還彼此誤會是跟蹤狂，而打了一架，這才不打不相識。後來才知道我們都只是護花使者。」

「我聽起來還是像跟蹤狂。」陳怡君一邊促狹地說，一邊用斜眼看了一下張志豪。

張志豪尷尬地說：「後來我因爲家裡問題，畢業後就要趕緊工作。而阿華，李昶華卻是聽從家人介紹與相親對象結婚了。」

「那時候伴郎應該很好當吧。」

「是啊，要是像現在這樣，眞的會受不了。」張志豪說：「那時候我租了最恐怖的恐怖片錄影帶和阿華一起看，邊看我還邊錄音。」

「錄音幹嘛？」

「我在婚禮的時候，戴上耳機放給自己聽。」張志豪說：「所以我在看阿華在敬酒時，會聽到新郎倒吸一口涼氣的聲音。好像聽得到阿華的內心話『還來得及回頭！不然會死。』或是『救命啊』什麼的。」

「你就這麼不想你朋友結婚嗎？」陳怡君笑著說。

「也不是，就一種鴕鳥心態吧。」張志豪無奈地說：「我就這麼一個朋友，當他結婚後，我就一無所有了。」

「希望剛剛在鬼屋你沒有錄音。」陳怡君說：「難不成你是這樣死的？」

「我算是掉進油鍋死的。」張志豪臉一紅說：「當初我家被討債黑手追債，不得已和家人一起去盜墓，一不小心，掉下洞穴之中，下面滿滿的都是油，我身上穿的衣服浮不起來，就這樣溺死了。那時我才知道，**記下所有的墳墓的話，之後都會變成石油田。**」

「說起來，當伴郎才隔三天。沒進過愛情的墳墓，卻去了眞的墳墓。」張志豪自嘲地說：「這樣的死法眞好笑。」

金紙17

「這樣的死法眞好笑。有空你眞的要到孽鏡地獄去看一下精彩回顧。」藝術鬼邊啃著骨頭說：「有看見什麼鬼生走馬燈嗎？」

「老實說，有。」酒吧鬼說：「大都不是什麼痛苦的回憶，死前都這麼痛苦了，肉體會強迫自己想一些開心的事吧。像是酒吧剛蓋好，然後遇見孟孟。」

「孟孟。」藝術鬼說：「叫這麼親密，要不是我聽馬面講過，不然誰知道你在說誰。」

酒吧鬼坐起身子，靈魂已經去血池重塑肉身後，又回到自己酒吧的床上了。

「就因爲女的看你一眼，你就跳進油鍋了？」藝術鬼問。

「是啊。」酒吧鬼無奈地說。可惜附近沒有比他還會吐槽的鬼，也許做了蠢事後被吐槽後會好過一點。

「嚇到人家了吧？」藝術鬼說：「想增加感情的死法至少要幫人擋子彈什麼的，這樣才有什麼過命交情。你跳油鍋？這樣另類的行爲藝術，連我都不能理解。你看，你就是沒聽我的。」

「你說過什麼？」

「『追女孩子一定要用眼神啊』。你就是眼神輸了，她看你一眼，就你看回去，盯到她不再看你爲止啊。幾百年單身的老處男。」

「那你說該怎麼辦啊？」酒吧鬼無奈地說。

「先吃點東西冷靜一下吧。」藝術鬼拿出餐盤，上面有藝術鬼啃過肋骨的其餘部分。

「這什麼東西？」

「這東西你應該很熟啊。」藝術鬼說：「我特地跑去油鍋地獄跟帥哥鬼拿過來的，他也很大方地分享的東西啊。」

酒吧鬼聽完，一直乾嘔卻什麼都吐不出來。

「多少吃一點吧。機會難得。」藝術鬼說：「我才去生死簿書庫一陣子，你就搞成這樣，我也不知道該怎麼辦啊。我現在腦子一堆時間人名，塡鴨式塞進腦子中，現在腦子無法思考任何邪惡計劃啊。」

「這大概就是陽間有義務教育的目的。」酒吧鬼嫌惡地拿起自己肋骨，放到自己肋骨旁邊比劃一下，尺寸果然一樣無誤。

「先幹掉帥哥鬼？」

「看來還是塡鴨得不夠啊。」

「還可以吐槽就代表你應該好一點了。」藝術鬼說：「說吧。跳油鍋眞正的原因。」

「想離開。」

「懂了。」

「這麼快？」

「嗯。」藝術鬼說：「總有忽然自責，忽然想放棄一切，想一個人蓋上棉被，抱著茶葉枕頭痛哭，用眼淚把它泡成茶啊。」

「我忽然覺得這輩子不想再喝茶了。」酒吧鬼說：「不過還真的講對了。我忽然覺得帥哥鬼比我還行，我好像什麼都做不到。最矛盾的是，明明就是百年單身的老處男，應該習慣自己是一抹孤魂，和孟孟出去幾次後，又害怕變回一個鬼，那一刻又想逃離一切，一個鬼獨處。」

「雖然地獄時間多，總有辦法完成一些事。」藝術鬼說：「但也別把所有事都放在你自己身上。」

「有些事……死過一次才會懂。」酒吧鬼無奈地說。

「而且你開了這間酒吧，整層地獄的酒鬼都是你朋友。而我也在，你不會是一個鬼。」

「不一樣，我說不上來，但就不一樣。」酒吧鬼覺得頭腦混亂又躺回去床上。

藝術鬼自己去倒了酒喝，兩鬼就這樣享受難得的沉默。

過一陣子，酒吧鬼到藝術鬼旁邊，也爲自己倒了一杯酒：「辛苦了。我知道你應該還沒查完生死簿，就跑出來找我。」

「應該的。」藝術鬼也收起了嘻皮笑臉，聽到消息就急急忙忙跑出來，也忘了做筆記，努力都白費掉。

「不然我也幫忙？」酒吧鬼說。

情書18

「不然我也幫忙？」張志豪幫忙把全雞分解，讓大家比較好撈雞湯。

同桌的客人紛紛表示女孩十分賢慧：「可以嫁了」。卻不知道在磔刑地獄習慣被「片鴨」，知己知彼，也可以「片雞」。

現在正好在上雞湯，就習俗來說，原本應該是第一道菜，取自「起家」的諧音。後來都變冷盤沙拉是第一道菜，而雞湯只要有就好。

「這道菜讓我有點陰影。」陳怡君說。

「怎麼了？」

「我從小就在我爸語言暴力下長大。他重男輕女，一直覺得我很沒用。我不停地看我爸喜歡的西部片，想變成他希望的男孩子，但都沒用。」陳怡君難過地說：「所以當我能一個人生活後，我就馬上搬出去住了。」

「眞是……辛苦你了。」張志豪無奈地說：「家家都有難唸的一本經。」

「每次被像垃圾一樣地罵，我就會忽然自責，忽然想放棄一切，想一個人蓋上棉被，抱著枕頭痛哭。」陳怡君低頭看著雞湯說：「後來我看到我爸我就想哭。我一直覺得像我這樣的人沒辦法結婚。」

「不會的。」張志豪有點不知道怎麼安慰，覺得書到用時方恨少。

「我爸又沒死，一定會來參加我的婚禮。而我一看到他就想哭，這樣怎麼結呢？在婚禮上不甘心地哭著，大家不會以爲我是要出嫁而不捨，而是被逼婚才哭的。」

「哈哈。」張志豪覺得這也想太多，忍不住笑了出來，但又覺得自己十分失禮，馬上接著說：「如果能夠娶到你，我可能會感動到哭得比你還慘，是不是只要比哭得慘，誰就越像被逼婚的？」

陳怡君打了張志豪的肩膀一下，不是很用力。但身體因爲性別互換下，看起來還是十分不妙。

此時七彩霓虹燈又亮起，新娘第二次出場換了紅色龍鳳褂，頭上的髮型沒變，只是把白紗拿掉了。看起來移動十分方便，是爲了每一桌敬酒時用的。

看到漂亮的新娘子進場，陳怡君羨慕地說：「好美哦。」

「是啊。」張志豪說：「好像希望把人生重要大事，分享給大家，然後印在大家腦子裡。」

「我卻覺得結婚是一件很累人的事。如果能躺著出席，其他都有人代勞就好了。」陳怡君說。

「我想他們很努力地把自己的幸福分享給大家。」張志豪說。

「眞好。」陳怡君說：「如果沒有幸福可以分享呢？」

「那也不用勉強分享啊。」張志豪說：「辦喜宴應該很累吧。我覺得一個人快樂是開心，兩個人一起快樂才是幸福，所以本來就不容易啊。一家人一起快樂又更難。」

「啊。」陳怡君抓著頭說：「喜宴一定是古人的邪惡計畫。」

「習俗中可以吐槽的點眞的滿多的。」張志豪說：「像是傳統迎娶的一些習俗，都來自一些奇怪的傳說。你有聽過周公與桃花女的故事嗎？傳說中彭祖找周公算命，說是活不過二十歲，但經桃花女指點，活到了八百多歲。算命師被砸招牌，就假意要娶桃花女，中間設下七煞八敗的陷阱，但被桃花女看穿，一一破去。像是穿紅衣，帶路雞，米篩遮陽，青竹插豬肉，踩瓦片等等，都是來自這個故事。現在新郎又不會害新娘，應該也不用這麼麻煩，對吧？」

「你怎麼知道這麼多？」

「盜墓總是需要知道一些傳統習俗，方便擋煞。」

「人家都說婚姻是愛情的墳墓，婚禮設陷阱難不成就是怕人盜墓？」陳怡君又是促狹地說，一邊用斜眼看了一下張志豪。

「我……我也不知道。不過我第一次盜墓爲了擋煞，就穿鳳冠霞帔，帶路雞，米篩遮陽，還準備了青竹插豬肉和瓦片等等。有看過這樣的摸金校尉嗎？」張志豪心想：「回到磔刑地獄眞的要好好問一問其他受刑鬼，會不會有勾引已婚之夫或婦的。」

想到一個大男生穿著鳳冠霞帔去盜墓，還掉到油鍋裡死掉就很好笑。

「不過設陷阱的婚禮也太有趣。」陳怡君說：「看吧，我就說是邪惡計畫。」

「說不定這就是吊橋效應啊。」張志豪笑說：「古人都靠媒妁之言，結婚前都沒見過面，在迎娶上設一些陷阱，讓女生感到危險，再把危險的心跳誤會是紅鸞星動的感覺，以保証可以一見鍾情。」

「哈哈哈，有可能。」陳怡君說：「之前的伴娘關卡，就是換新娘要給新郎的吊橋效應？」

「對啊。」張志豪說：「像我現在心跳跳超快，我就覺得這婚宴好像很危險，處處是危機，好像地獄一樣。」

「白痴。」陳怡君又用零傷害出拳，槌了一下張志豪：「眞的像地獄？」

「不，是天堂。」張志豪說：「我好像看到白光了。」

金紙 18

「我好像看到白光。」鐘馗的妹妹鐘藜說：「那時我吃了一口，我哥管小鬼做的喜宴，差點原地去世。」

現在是地獄姐妹淘睡衣聚會，成員有孟婆，鐘藜，馬面三人。地點就在馬面府邸，正聊著各自的人生和鬼生。

「本官以爲地獄的小鬼都很會做菜咧。」馬面說：「幾乎所有地獄都是在做吃的啊！冰山就是冰箱，刀山切菜，更別說石磨，蒸籠，油鍋，舂臼，磔刑了。銅柱根本就是酸菜火鍋的煙囪了。」

「他們不懂的是火候。什麼東西就是放到不會動爲止，什麼東西都混在一起煮，算什麼會做菜啊。」鐘藜說：「不是焦黑到發光，就是酸甜苦辣混在一起。」

「是嗎？我的湯也是可以一次嚐出酸甜苦辣的味道。」孟婆說：「最近我才去油鍋地獄吃一頓大餐呢。」

「是～嗎～？」馬面爲了拖長音又高八度講話，還先吸一大口氣才說：「帥哥鬼和酒吧鬼，你有打算選那一個？」

「今天重點就是這個。」鐘藜也高八度講話：「八卦才會創作出最偉大的藝術品。」

「嘔。」馬面差點吐了：「下班本官就想放鬆一下，聽到某鬼或其口頭禪，整個人都不舒服起來了。本官支持帥哥鬼，酒吧鬼和某鬼走太近，一定也不是什麼好東西。」

「酒吧鬼倒是還不錯。」孟婆說。

鐘藜扭了一下讓自己坐得更舒服，抱起桌上的瓜子開始啃，不打擾孟婆繼續講下去。

「不過，跳油鍋太蠢了。比不上我想等的人。」孟婆說：「也許一見鍾情就像一場詛咒。他只是坐在魚販旁刮著魚鱗，用水把手降溫，低頭專注的樣子就吸引我了。很平凡沒錯，但對我來說，有一種『就是他可以一起走完一生』的感覺。」

「一見鍾情眞的很少見。」馬面說。

「很浪漫啊，怎麼說是詛咒呢？」鐘藜問。

「好景不常，他出海捕魚因船難死了。」孟婆說：「我又懷孕了，我家人逼我改嫁。見了幾個人都沒有『可以走完一生』的感覺，雖然家人一直說不試怎麼知道，但我十分堅持，至少我知道我不要什麼。」

「唉，這也算執念。」馬面說：「知道不要什麼，還是比不過知道自己要什麼。」

「如果眞的要講一件我想的事，有一個難忘的回憶，可以回憶一輩子，之後日子再平淡都可以。一見鍾情就是難忘的回憶。」

「看人跳油鍋就是難忘的回憶。」馬面說。

「一見鍾情太難了啦。」鍾藜說：「孟孟你工作的地點，就算一見鍾情，大概也是要投胎了啦。」

「孟婆亭可以看到三生石，我總是可以看完來者的前世和今生。」孟婆說：「來生我就懶得看了，每次喝完湯都迷迷糊糊像剛睡醒一樣，像極了我準備去孟婆亭的樣子。」

馬面和鍾藜已經見過不少次孟婆起床後匆匆忙忙地打理自己，眼神卻像還沒睡醒，直到站在孟婆亭開工後，眼神一亮後才是眞正的回過神來。其實她們也很好奇，那時的孟婆像是另一種人格，又怎麼知道這件事的。

「看了一堆三生石，我明白一件事：不管是人或鬼都很難改變。最後還是要靠我的一碗湯。」孟婆說：「熬湯讓我看盡百態，而我不想改變別人，也不想爲了別人改變自己啊。」

「如果沒有三生石，地獄也沒什麼差，不是嗎？」孟婆說。

情書19

「是地獄也沒什麼差，不是嗎？」陳怡君說：「有你在就好。」
「地獄我可沒自信可以撐得住。」張志豪說。
「說『哭得比我慘』的話，你是不是想了很久？」陳怡君忽然認真地問。
「咦，爲什麼這麼說？」張志豪眼神開始游移，好像眼前的鳳梨蝦球更有趣一樣。
「你是不是早就知道我被我爸語言暴力的事？」陳怡君也開始看著鳳梨蝦球說：「你說和李昶華認識的過程，我也想起當初的事了。我知道你到過我家，知道我的情形了。」
「唔，沒錯。我的確去過，也看到過你爸罵完後，你躲起來哭。」張志豪鬆了一口氣，來到陽間後，實在不願意說謊，之後礫刑地獄後還得去拔舌地獄，到時候一定會很「藝術」。
「那李昶華知道嗎？」
「不知道，有時候不知道活得比較開心。」
「爲什麼？」
「知道後，我才知道自己有多無力。設身處地去想，也沒辦法做什麼。」
「但你還是做了。」

「你怎麼可能知道？」張志豪大吃一驚。

「我班導是國文老師，在一次作文比賽你得了零分，原因是文不對題。那時老師邊改邊抱怨你亂寫，但我在旁邊聽到內容覺得怎麼這麼像我發生的事。」陳怡君回憶說：「後來你的作文被丟到垃圾桶，我偷偷撿了回來，我就想，你怎麼可能知道。便開始對你注意起來。透過字跡，我隱約猜到情書是你寫的。」

「哦，這個事啊。那只是我無力的小反抗，我也沒指名道姓說是你，老師也以爲我在開玩笑。」張志豪鬆了一口氣。

「爲什麼要鬆一口氣？」陳怡君說。

「沒事。」

「太早了。鬆一口氣的時間。」陳怡君促狹地說。

「什麼。」

「我知道你去威脅過我爸了。」

「噗。」張志豪差點被半顆蝦球噎死，現在是附身在李沐璇身上，差點讓她香消玉殞。

「開始注意你後，你以爲我就沒有跟蹤過你嗎？」

「什麼。」張志豪此時覺得就是這個人了，和自己簡直是天造地設，一模一樣。

「最好笑的就是在比誰最晚離開了。」陳怡君笑說。

的確，如果被跟蹤的人也想跟蹤對方，就變成都在等對方走在前面了。就像情侶在電話中要道別，「你先掛」「妳先掛」但誰都不想先掛。最後還是陳怡君先走，太晚回家會被爸爸罵的。

這樣回家好像有人送自己回家一樣，是開心的。但陳怡君還是想反跟蹤一次，有一次就甩掉張志豪，過幾個轉角就到他身後。

張志豪雖然覺得這樣很反常，但還是看著前方動也不動，雙手時而握拳時而鬆開。當張志豪開始動的時候，反而是繞了陳怡君家好幾圈。

「我以爲你終於想逃開那個家了，就算是一小時也好，才會消失。」張志豪說：「反覆確認你不在家後，我用紙袋挖洞罩頭，就去威脅你爸了。」

「最後紙袋被扯掉，還打傷你左臉。」陳怡君說：「雖然很謝謝你，但我之後被罵得更慘。」

「對不起。」張志豪低下頭說。

雖然被罵得更慘，但低著頭挨罵，陳怡君的嘴角卻帶著難以發現的微笑。也許就是不想回到那個家，才覺得被困在天台二十年也沒什麼關係，但最後還是會想家一下，像現在，眼前就好像看到自己媽媽和表姐消失在喜宴中一樣。

陳怡君急忙站起來，東張西望一下，找不到人後就坐了下來。張志豪好奇地盯著他。

「怎麼？」

「這一刻，好希望能看不完。」

金紙19

「看不完，看不完，看完鬼門開了又關。看不完，看不完，金紙又燒到陰間來。」藝術鬼在機械式閱讀下已經開始唱起歌了。

「這一切都是爲了金紙嗎？」酒吧鬼問。

「一切都是爲了愛。」藝術鬼還在唱。

「我是正經地問。」

「一切都是爲了愛。」藝術鬼還用高八度再唱一次。

「啪。」酒吧鬼把生死簿卷起來，就從藝術鬼頭上狠狠來上一擊。

「開不起玩笑耶。」藝術鬼舌頭老是在外面，這一擊差點咬斷舌頭，還是把舌頭塞回去比較好講話：「一開始的確是爲了恢復地獄的經濟，但看你認眞了，就是爲了愛了。再過九年多，陽間又會燒金紙了，沒必要急在這一時了。不是爲了愛，我們幹嘛還繼續查？」

「我也不知道，查到了又怎樣？」酒吧鬼說：「告訴孟孟她喜歡的人在那，然後讓她離開我？」

「和孟婆交換條件啊，如果可以把你當備胎，再告知她怎麼找人啊。」藝術鬼邊聊天，還邊查生死簿，忽然察覺光線一暗，連忙說：「先放下你手上的生死簿，那東西不是用來打人的。」

酒吧鬼放下生死簿，無奈地說：「雖然我也知道我不夠努力，但也不知道怎麼更進一步。之前是覺得友誼終究是不一樣，但友誼眞的是方便多了，維持一種友誼以上，情人未滿的狀態，眞的比較容易。」

「如果因爲當事者太過懦弱，妨礙自己的感情，也應該被馬踢才是。」

「那這次造成馬面都要來踢的場面，眞的是小意思。」

「你就該再被好好踢一下。最好踢在腦子，看會不會清醒一點。」

「那你又是安什麼心？一定要湊合我和孟婆？」

「身爲朋友能安什麼好心？要不是現在地獄大罷工，你也寫一封情書在金紙上試看看不就知道了。」藝術鬼說：「你現在就像拿一束花，在那數『她愛我』『她不愛我』的少女一樣。不就是不知道對方心意嗎？知道了你就行動了？」

「你又有什麼方法？」

「我們在這是爲了友情嗎？不！爲了志豪和怡君的愛情？不！爲了地獄快點復工？不！我們是爲了什麼？」藝術鬼越說越激動。

「爲了什麼？」

「爲了混水摸魚得到自己的愛情。你和孟婆很像啊，你還想開著酒吧等那個先你一步喝了孟婆湯的前世情人？更何況她在陽間就把你甩了。」

「唔。」酒吧鬼被打中要害，想把生死簿撕一點下來當繃帶，但還是忍住了。

「有了！」藝術鬼說：「找到了。叫顏敬秀。」

「什麼？」酒吧鬼大吃了一驚。

「孟婆的前世情人，經過幾萬次投胎，最後叫顏敬秀。」

「你剛剛說得這麼激動，還冷靜地在查資料啊。」酒吧鬼說：「一萬年竟然可以死幾萬次？這也太多了吧。」

「接下來可以去找馬面了，用這本生死簿請三生石大人找人就好了。」藝術鬼寧可離開生死簿庫去給獄卒拔舌，或是被馬踢，當下心情覺得十分激動。

「三生石加敬語，馬面竟然沒有？」酒吧鬼說：「馬面不一定會想幫忙啊。」

「又開始消極怠工了。」藝術鬼踢了酒吧鬼一腳：「喝啊！我要代替馬面懲罰你！你就在這裡和罪惡一起消失吧。」

「馬面大人。快來拯救我，踢死這個邪教徒吧。」

情書20

「想結婚的就來接繡球吧。」新娘說。

「是捧花啦。」新郎有點無奈地說。

「沒差啦，接到都是要結婚的。」新娘說：「還沒結婚的，都可以來接。下一個結婚的就是接到的人。」

陳怡君是因爲家庭因素而不敢結，但還是嚮往結婚的。又碰到了張志豪，彷彿又多了勇氣，所以也跑去想接看看。在幾個伴娘和穿著禮服的女生中想接捧花。

原本以陳怡君的身高，大概和其他女生差不多，也不會比較特別。但是她現在附身在詹曉軒的身上，身高就高了一個頭以上，也算得上「出人頭地」。

新娘轉身往後丟出捧花，沒有意外，就是陳怡君接到。畢竟有身高高的優勢。

「眞倒霉，被男的接到。」一些沒接到捧花的單身女性在嘆氣。

「是命運嗎？」張志豪語氣十分高興地跑去牽陳怡君的手，雖然他早就把地獄的事拋在腦後了，還是忍不住開心。

陳怡君低著頭玩著捧花的花瓣，克制住自己不要拔著玩，但目光依然隨著花瓣，一片一片的數著：他愛我，他不愛我，他愛我……

約會到現在爲止，都順利到不行，連意外都是往好的方向前進。兩鬼都感到十分不可思議，難不成天意都要兩鬼走到一起？

「我竟然有點想哭。」張志豪說。

「別哭，你哭了我也會想哭。」

「太過順利了，和我之前的人生完全不一樣，我只怕這一切都是假的。」張志豪抽起捧花中的一小朵緊緊捏著：「我從來就沒這麼幸運過。」

「我也是。」陳怡君竟然就眞的哭起來了，雙手不想放開捧花，眼淚就這樣滴在捧花中。

張志豪想幫忙擦淚卻又不敢，就怕升天了，竟然有點手足無措。難不成眞的要結婚？結婚要一起住在陰間還是陽間。不想進入輪迴，如果喝了孟婆湯就會忘記這件事。有了身體，打開各種感官後，思緒紛亂到令人害怕。地獄的身體眞的簡單多了，只有靈魂也眞的簡單多了。

「我打算留點眼淚到我們的婚禮再哭。」張志豪說。

「我們眞的會有婚禮嗎？」陳怡君說。原本她想抬起頭，但身體的身高夠高，不用抬頭也能看到張志豪。

「會有的。阻止我們感情的，都會被馬踢了呢。」

「別開玩笑了。」

張志豪笑而不語。

「你會相信天意嗎？」陳怡君問。

「本來是信的，覺得老天不會給人過不去的考驗。但眞的被黑道追急了，也鋌而走險了，結果這關卡，就過不去。」張志豪說：「我的確也做錯事了，也受了該得的處罰，這時就相信天意的存在了。天意眞的不可預測，以前的我，怎樣也無法相信，我現在會和我最喜歡的女孩，在婚禮接捧花。」

「當我被困在學校中出不去時，不相信天意就撐不下去。」陳怡君說：「我開始幻想有人從天而降把我接出去，也幻想一切都是一場夢，我會醒來，雖然困了很久，但現實生活很短，幾乎短到沒人會注意到我。」

「我也以爲地獄是一場夢。直到細節越來越眞實。」

「對，細節越眞實越可怕。眞的會覺得這一切都是眞的。」

丟捧花已經是婚宴的最後一個環節了，新娘又去換裝，站在門口發喜糖了。

兩鬼隨著人群慢慢離開，也拿了喜糖，而剛剛的話也不急著講，因爲開始相信有越來越多的時間可以相處，可以留在以後。伴郎看到兩鬼還再三道謝。此時，卻看到一個男人站在門口，眼睛兇惡地盯著附身在李沐璇身上的張志豪。

「阿……爸。」張志豪說，這個來者不善的人，正是李沐璇的爸爸李袓華。

「誰是你爸啊？」李袓華說：「看你們放閃一整天了……張志豪。」

金紙20

閻王看著公文，也能想像天庭紙筆唰唰奮筆疾書的聲音，用詞雖然文雅，但一打開來怨氣就噴面而來。大抵在說：地府辦事不力，罷工頻傳，嚴重影響人間和天庭，請盡快解決。

閻王無奈地把卷軸收好，丟到檔案缸，等之後文判官分類歸檔。此時又有小鬼來報：因爲罷工事件，陽間十二小時無人生子了。說完，小鬼也罷工了。閻王看著小鬼的背影，忍不住又開始咒罵造成這一切的始作俑者。

藝術鬼了打一個大噴嚏，心想：「八成有鬼在想我吧？」

「不想宰掉你的，都在這了。」酒吧鬼說：「在想你的八成都想宰了你。」

「在地獄會感冒嗎？」

「笨蛋的確不會感冒。」

「我的意思是：被人惦記著想殺掉，也只是讓我有個小感冒而已。不痛不癢啊。」藝術鬼說完就狂笑了起來。

「你們實在很容易在自己的世界中忽略本官。」馬面忍不住又打斷兩鬼：「另外，想宰掉你的，也算本官一個。」

「別這樣，有話好商量嘛。」藝術鬼馬上卑躬屈膝起來，臉都快貼到馬面的軍靴了：「哎呀，大人的鞋好像髒了，我來幫忙舔乾淨吧，我舌頭夠長。」

「不需要。」馬面直接一腳把藝術鬼踢開：「辦正事吧，算你們有心，我也想幫孟孟找到這個負心鬼顏敬秀，就幫你們這次。」

馬面將有寫名字的生死簿放在三生石前，邊唸咒邊揮令旗。三生石發出綠光罩住生死簿：「老樣子，等吧。」

三生石發出強光後，一道光束直接照在酒吧鬼身上。

「是你？怎麼不早說？」藝術鬼和馬面異口同聲叫了出來。

「這要怎麼說啊？」酒吧鬼欲哭無淚：「講出來好像我別有用心了啊。剛剛就一直想拉住藝術鬼，但又不知道找什麼理由。」

「拿到生死簿時就可以說了。」馬面說：「這樣就不用三生石了啊。」

「我怎麼知道是不是同一個人？也許是同名同姓？」酒吧鬼試著做無力的反抗。

剛剛三生石發出強光時，也照到孟婆亭了，孟婆感覺亮光一閃過後，就往三生石看過去。看到姐妹淘馬面和兩鬼不知道在講什麼，覺得好像隨時都要打起來，就忍不住走過去看看。

「你來得正好。」馬面看到孟婆便說。

「啊啊啊啊啊。」酒吧鬼一手刀從馬面脖子刺去，然後快速繞到馬面身後，用一隻手臂勒住脖子，一隻手臂扣住加壓，準備勒暈馬面。馬面一聲冷笑，先不說馬的呼吸道極粗，更何況馬面有功德加身，此時馬面開始發光，酒吧鬼就被彈了出去：「本官知道你不想說的原因，也不和你計較，但你不覺得孟孟也需要知道眞相嗎？」

馬面沉默了一下說：「你是誰暫且不提，剛好你們來找本官，不然本官原本也要去找你們。因爲罷工，所以可以投胎的鬼變少了，閻王公告以前不想輪迴可以留在陰間的鬼，現在都要參與輪迴了，你們這些贖完罪還想留在地獄的鬼，本來就是爲了這種情形存在，養鬼千年，用在一時，是該報效地府了。但罷工本官也找不到鬼幫忙公布，你的酒吧鬼來鬼往，記得幫忙貼一下公告。」

「啊？」酒吧鬼大驚：「這樣我也要投胎了？」

「閻王叫你三更生，誰敢留鬼到五更！」馬面說：「這裡是地獄。」

情書21

「這裡是地獄。」當看到自己女兒和男生走進婚宴時，那畫面太過震撼，讓李袓華嚇到腦中閃過人生的走馬燈，最後定格在自己結婚前，被張志豪帶去看恐怖電影那一幕。那電影太過恐怖，讓自己留下一些陰影，連結婚時都有點魂不守舍。

走馬燈走到婚禮時，記憶中的老丈人，竟然露出和自己差不多的表情，也像看了恐怖片一樣。

「不，不一樣。」李袓華心想：「我現在還沒看到穿上婚紗那一刻，未來還是有機會改變的。」

「等等，該不會是私奔吧？等等他們就換上禮服？」李袓華控制不住自己的幻想，但一方面又十分冷靜：「其他桌的人我都不認識，有些年紀大有些年紀小，要認識這麼廣的年齡層應該不可能，更何況他們錢從那裡來？」

此時千萬要冷靜，都從咖啡廳到這裡了，但不知道鬼屋發生什麼事，畢竟有些陰影。

雖然很擔心自己女兒，但還是抗拒去裡面。

此時，一舉一動都逃不過李祖華的火眼金睛。但隨著自己越是觀察，卻越感覺越來越不對勁：詹曉軒的動作很像自己當初初戀對象陳怡君，而自己女兒李沐璇的行爲舉止竟然像自己的好友張志豪。他不是死很久了嗎？死後女兒才出生，說什麼也不可能認識張志豪啊，從最近女兒的行爲來看，細思極恐。

看他們走出婚宴，忍不住試探了一下。看他們的反應就知道自己猜得沒錯，而最可怕的就是自己猜得沒錯。冷靜冷靜。

「你……你們……眞的？」李祖華有點不敢置信，見鬼了眞的。

「唔，我……你……我也不知道，我先走。」陳怡君說完就走了。走了也好，雖然知道靈魂是陳怡君，但看到詹曉軒的臉，莫名其妙有一種自己女兒可能會被搶走的危機感，很想一拳揮過去。

「走吧。」李祖華說。張志豪有點不知所謂，所以走在他後面。

「走我旁邊吧。」李祖華眼睛看著前方，不去看自己女兒，這樣才會覺得是和老友講話：「很久沒有這樣一起走了。以前放學時，常這樣一起……咳，跟著陳怡君一起走回家。」

「你怎麼發現的？」

「婚禮加恐怖片的陰影，再看十多分鐘就猜到了。」李昶華說：「你怎麼和怡君走在一起的？」

張志豪簡單說了一下原因。

「沒想到你還追到我們當初的女神。」李昶華氣到牙癢癢的，習慣性要揍張志豪一拳，快打到手臂時，卻發現是自己女兒，硬生生把力量收回來，搞得自己十分難受。

「再怎樣，還是活著比較好。」張志豪用李沐璇的身體老氣橫秋地說。

李昶華因為反差笑了出來：「就你沒資格說這話，看你逍遙自在，還來陽間把妹。」

「一切都太過順利了，我這輩子沒碰到什麼好事，一切都像一場夢一樣。」

「是是是，順利順利，但能不能別用我女兒的身體？」

李昶華不只在深夜加班時，幻想過能再次見到一起打嘴砲八卦的張志豪，但如今用意想不到的方式見到，心裡五味雜陳，一堆想說的話都堵在喉嚨。

「時間不早了，我該去找城隍報到了。」張志豪知道李昶華在想什麼，又補了一句：

「很快我們會再見面的。」

金紙 21

「很快我們會再見面的。」酒吧鬼對孟婆說，又對馬面搖了搖手暗示她什麼都別說：「我會找時間說的。」

「我就相信你一次。」馬面說完就離開了。

酒吧鬼轉身離開，藝術鬼覺得自己怎麼像個局外人，連忙跟上酒吧鬼一起離開。走遠後，藝術鬼忍不住問：「你眞的會找時間說？」

「沒有。」

「這裡有鬼要被拔舌啊。」藝術鬼還沒說完就被酒吧鬼摀住嘴。

「我已經不是孟婆當初喜歡的人啊。生前是孟婆主動喜歡上他？還是我？」酒吧鬼無奈地說：「但現在換我喜歡上她，講前世實在不夠公平。」

「如果你還有那世的記憶，你就知道怎麼讓孟婆喜歡你了。」

「太久遠了，我都不知道喝了多少次孟婆湯了。」酒吧鬼說：「我倒是希望知道當初爲什麼我不等她而喝下孟婆湯。」

「我猜啦。」藝術鬼說：「你應該是看三生石後，知道還能見到孟婆。這樣就有兩個選擇，你是要沒記憶看到活著的孟婆，還是有記憶看到死後的孟婆。」

「這就是最無奈的地方，我這世是選後者，但那世是選前者。而我不懂他爲什麼這麼選。」

「你那時候應該聰明到，知道選後者可能會像你現在一樣。你死後這段時間，對方已經改變心態放下你了。」

「喂！」聽出被說不聰明，卻無力反駁，酒吧鬼只能用大叫做小小的反抗：「但我也想揍那世的我，怎麼沒想到孟婆會一萬年都放不下？」

「就憑你的智商也想揍人？」藝術鬼嗤之以鼻：「怎麼會不知道，所以我推測一定是投胎成孟婆最重要的人，才會做這個決定。我想八成是孟婆兒子。嘖嘖嘖，都說女兒是老公的前世情人，看來兒子也是，只不過你不是前世罷了。」

酒吧鬼聽到結論有點大吃一驚，但感覺又符合可能性：「你是怎麼猜到的？」

「沒有猜。」藝術鬼說：「土法煉鋼要查生死簿，一開始就查到了。你死後轉世成孟婆兒子。」

「你直接講就好了，扯這麼多？」

「一個來自拔舌地獄的鬼，永遠不會隨便露出自己的底牌。」藝術鬼說：「如果不打算講的話，接下來你有什麼打算？」

「憑自己實力看看。雖然我也不知道我剩下的時間能做什麼。再投胎也不知道多久可以回到地獄。」酒吧鬼十分認眞地說：「但我眞的想要靠自己追回孟婆，聽清楚了。我的意思是我不希望再由你插手或安排約會什麼的了。」

「嗯。我懂。」藝術鬼開始擠眉弄眼，這不就和女鬼……不，拔舌地獄的所有鬼一樣，說不要就是要嗎？

「不，你不懂。」酒吧鬼一臉無奈，這個朋友挺有義氣，也挺聰明的，就是愛管閒事的病發作時，腦子就不太行了，也聽不進話。只好又說：「再跟我重複一次：我不會跟孟孟講酒吧鬼就是顏敬秀的事。」用本名應知道嚴重性了吧。

「我不會跟孟孟講酒吧鬼就是顏敬秀的事。」藝術鬼十分敷衍地快速念完一次，馬上就問：「你酒吧打算怎麼處理？我可以幫你顧嗎？」

酒吧鬼心想：如果關店太久，缺少鬼氣也不行，到時候連鬼都不來也不行，說：「我猜我回來罷工也停了，只要別惹事，你看著辦吧。」

情書22

「爲什麼鬧鐘會響？」詹曉軒按掉鬧鐘，想說昨天是星期六今天還可以睡到飽，還特別晚睡，結果早上七點鬧鐘就響了，這是什麼怪事，睡眠不足的他只能蹂躪被子出氣，很快他就決定繼續睡。兩分鐘後，鬧鐘又響了。這時他跳了起來，這眞的是星期一的設定，從第一次響起，每兩分鐘響一次，共三次。這種叫醒方式已長達六年，一週五次，已經是深入骨髓的記憶了。

詹曉軒馬上跳起來重新確認日期，捏著手機都有點大力，已經不是用點的，而是戳著自己的手機，戳到手指隱隱生疼。

還有點搞不清楚狀況，腦中還在思考種種可能性，但身體已經開始盥洗，穿上制服準備上學了。雖然做著不用動腦的事，但是邊想邊做，還是讓速度慢上不少。

有時候日子過得很糟，會誤以爲日子過快一天，讓週末快點到來。但幾乎不可能發生週末急著變到上課日的事啊。

急急忙忙趕到學校，校門都快關了。卻看到李沐璇急急忙忙從一台粉紅色電動機車下來，平時綁著爽俐的馬尾，此時卻看起來毛毛躁躁的，身上制服還扣錯一格，被李昶華發現糾正。女生不適合當衆解衣服扣子，就一手遮著跑到廁所處理了。

李昶華看了詹曉軒很久，眼神從憧憬變成淡然，馬上又變成不屑。搞得詹曉軒都不知道怎麼回事，心想：我和你是第一次見面吧？爲什麼這麼多複雜的情緒？

「一定和陳怡君有關。」詹曉軒看了李沐璇也同樣情形，很快就推斷出星期六和李沐璇的記憶出現問題，不然怎麼可能這麼巧。但現在沒辦法到天台找鬼對質，已經快上課了，所以連忙往教室跑去。

李沐璇也從女廁出來往教室跑去，正好和詹曉軒一起出現在教室門口。同學在上課前有點浮躁在打打鬧鬧，看到這情形，先是安靜了一陣子看著兩人尷尬地走到自己位置上，然後開始竊竊私語。

察覺氣氛有點不對，李沐璇忍不住問一下姐妹淘黃韻佳：「今天班上是怎麼一回事？」

「就星期六有人來學校打籃球，順便回教室拿忘了帶回家的作業，結果聽到有女同學在乾嘔，好像有人懷孕了。」黃韻佳說。

「眞的假的？這可是大事。這麼年輕就懷孕，對自己人生一點都不負責。」李沐璇一臉正經地說。

黃韻佳睜大眼睛不知道該說什麼，因爲那個同學有認出是李沐璇，而那個垃圾又不負責任的渣男是詹曉軒。

她轉頭看了一眼詹曉軒，但他拿出自己的書在看，彷彿沒把班上的氣氛當一回事，而他朋友極少，一種目中無人的態度讓同學都沒有去搭話，連坐他身邊的同學都刻意走到別的地方討論，他的座位就正好在暴風圈的正中心，無風無雨地安靜。

「可惡，到底陳怡君搞了什麼東西。」詹曉軒雖然面無表情，但並不是毫不在意，假裝在看書，但集中注意力去聽班上人說了什麼。懷孕，渣男，約會，星期六等等關鍵字流入自己耳朵。自己偏偏也有星期六到學校幫兩鬼的記憶，那有這麼巧，缺少一天的記憶一定是超級關鍵。

「對了，我覺得班上有另一個腐女。」黃韻佳說。

「是哦。」李沐璇回應得有點漫不經心，主要是覺得如果黃韻佳找到有共同話題的朋友，和自己相處時間就少了。不過，這樣的態度讓黃韻佳覺得她可能知道班上在聊的是她的事。

「知道我是怎麼知道的嗎？」

「怎麼知道的。」

「我把你和詹曉軒約會的照片放到ＣＰ討論的網站，就引來那個人回應了。」黃韻佳說：「不到四十人的社群，我還把臉打了馬賽克還是被認出來，也太扯。」

「什麼？什麼約會？」李沐璇吃驚地問。

金紙22

「什麼約會？」孟婆問著酒吧鬼。

兩鬼坐在孟婆亭，酒吧鬼帶了**嫩炸豬頰肉**和一堆菜色弄了滿滿一桌，但有菜有酒，卻沒有湯。

「很抱歉，我幫不上你的忙。我自罰三杯。」酒吧鬼說：「差一點就有眉目了，但我必須要投胎了，等等就要來喝你的湯了。」

「哦？」孟婆不禁有點感傷，每個認識的鬼，都免不了會喝下自己一碗湯，最後忘掉自己。就連自己也不願意喝下這碗湯，而在陰間萬年，若是能心一橫就喝下，自己也不會苦這麼久。像這樣忽然從旁觀者角度一樣看自己，就覺得自己可笑，但卻也只有一瞬間而已，放不下執念才是自己，放下執念後自己又是誰？

「不用擔心，藝術鬼會繼續找下去的。」酒吧鬼講完還四周看一下，然後笑自己蠢，鬼差罷工自然不會抓自己去拔舌。

「嗯。也好。」孟婆無奈地說：「我也不知道怎麼面對他了。執念就像被關在瓶子中，等他來打開。就是不知道什麼時候他會出現在我面前，有時候只要他出現，我可能什麼都會原諒他，放著孟婆的工作，與他到天涯海角。有時候若他出現，我可能會拿起這缸湯往他嘴裡塞去，叫著『愛喝就給你喝個夠！』」

酒吧鬼看了一下那缸，自己都可以拿來泡澡了，塞進嘴的話，可能要司馬光才救得了自己。結結巴巴地說：「雖然我知道這很難，但我希望你能忘了他，他也喝過孟婆湯了，什麼事都忘得一乾二淨了。我是眞的在乎你，但我嘴笨不會講，只有吐槽別人的話，我才會比較順。除了吐槽『天方夜譚是其他的世界觀，而且幹嘛當邪惡精靈？』，除此之外，我不知道該說什麼。」

「你嘴這麼笨，如果你沒喝孟婆湯就到陽間，可能會活比較久一天。喝了大概靠你一直投胎就讓閻王達標了。」孟婆笑說。

「哈哈，我知道。所以我用寫的。」酒吧鬼拿出一疊金紙說：「每次約會和見面，想說的話，我都寫在這了。」

孟婆正要拿起來看時，酒吧鬼連忙阻止她：「等我喝完湯再看，我現在只想離那疊情書遠遠的，希望你能懂。」

說完將孟婆遞來的湯一口喝乾，酒吧鬼喝到一半忽然「喵喵」兩聲，孟婆知道今生的記憶已經洗掉了，並心想：「原來前世是貓啊。」

酒吧鬼喝完湯後，表情變得痴呆，就化作一團光球被吸入六道輪迴盤之中。

藝術鬼打開酒吧的門後，看著杯觥交錯的酒鬼們，露出了微笑。這些酒鬼都是一起被拔舌，也算共患難過的朋友，也是他召集過來的。藝術鬼慢慢走進酒吧，和酒鬼們打招呼，有時還被酒鬼灌上一杯，十分熱鬧。

他慢慢走進吧台，用手一揮，清出一大片空間，就跳上吧台，雙手後揹，半曲膝蓋大叫：「我們拔舌地獄，雖然只是第一層地獄，但我們其實是最強的鬼，對不對？」

「對。」眾酒鬼舉杯齊聲大叫，就乾了一杯。

「亂世不一定要靠武力，我們有智慧，善察人心，一樣搞得全世界天翻地覆，對不對？」

「對。」又乾一杯。

「我們永遠都在進化，進化到，我們用眞話亂世，甚至我們可以當英雄，對不對？」

「對。」聲音齊聲到快把屋頂掀了。

「接下來，我要告訴你們一件事，」藝術鬼用一種大家都懂的微笑說：「你們千萬不能和其他鬼說哦。」

「對。」心領神會。

「我也算對得起你了，酒吧鬼。」藝術鬼心想：「我可沒跟『孟孟』講酒吧鬼就是顏敬秀的事。只不過，很快全地獄的人都知道了。」

情書23

李沐璇看著黃韻佳手機上的照片，腦子一片混亂。雖然解釋為什麼週末會消失一天了，但一切還是不可置信。是自己被陳怡君附身了？很多照片只有背影，有時候只露出側臉，甚至只有一隻眼睛，但都能感受到眼神中充滿愛意。

以前看到老夫老妻慢慢走在路上的背影都覺得溫馨，有時候看自己父母面帶微笑的打鬧也有這種感覺，但沒想到竟然看自己的照片也會這樣。

李沐璇不是沒想像過自己如果和男友去約會會做什麼，想像中另一半的臉是模糊的，而且現實生活的照片帶來的衝擊還是超乎意料。

「沒想到你們約會路徑竟然會和我們重疊，真不愧是我姐妹淘。」黃韻佳說。難不成和黃韻佳討論時，陳怡君就在一邊？

詹曉軒在中午時來天台才知道整件事，並沒有看到照片，只單純聽經過衝擊並沒有想像中來得大。但比起李沐璇，他知道是男女互相的附身方式，這個就把內心的堅壁都震碎成粉末，再也無法修復。

之後要怎麼面對李沐璇？難怪她爸爸看自己是那副表情？爲什麼他會知道？之後要用情書的事去威脅她爸？

詹曉軒忽然想坐下來，原來這就是傳說中的膝蓋一軟。想做一些開心的事，讓自己思緒離開自己被女鬼附身的事。他拿出放在後口袋中的皮包，想數錢來分心，卻忍不住尖叫起來了：「怎麼錢有一半不見了，那個劉信志給的錢呢？」

陳怡君說：「約會時花掉了。謝謝詹曉軒。」

「這是我今天最受打擊的事了。」

「被我附身不算？」很想送陳怡君上西天，但她已經死了。

「啊！」詹曉軒抱頭尖叫。身爲優等生，也不是這麼好令鬼擺布的，馬上想起有一個不怎麼靠譜的算命師王景基，有給自己一串黃水晶項鍊，還說是什麼除魔石，雖然是溺水時的稻草，但也只能緊緊抓住了。想到這裡也不禁露出奸笑的笑容。

「爲什麼要笑得像反派一樣？」陳怡君身爲靈體，可以無視重力飄著，就算詹曉軒低著頭奸笑，她倒轉飄著就看得到了，很好奇詹曉軒腦子裡在想什麼。

「一個來自三年一班的人，永遠不會隨便露出自己的底牌。」詹曉軒說。

「你不覺得很奇怪嗎？」陳怡君說：「班上這麼快就傳開，是不是有人看到了？」

「自己怎麼沒想到這點。」詹曉軒心想：「如果只是來校園被看到而已，應該不會傳成這樣。」

「說不定有照片在網路上。」

「啊！不要再說，我不聽我不聽。」詹曉軒知道自己大概沒有勇氣上網查照片，一方面又要和好奇心做拉鋸，太多事情要思考了，腦力已經不太夠用。

「今天我已經用足夠多的天台了。」詹曉軒看著遠方說：「這陣子快要考試了，大概不用上來了。」

陳怡君在詹曉軒面前揮揮手，但詹曉軒就像沒看到一樣，整理自己被風吹亂的衣服。

「不要無視我。」

金紙23

「不要無視我。」孟婆直接抓起藝術鬼的脖子，高舉過頭怒道：「眞的假的？」

看來散布得很成功，藝術鬼反而笑了起來：「一直氣憤又等萬年的鬼竟敢喝了孟婆湯，現在卻親手把他給灌了是什麼感覺？」

「想損我就損，爲什麼要笑得像反派一樣？」孟婆恨不得想把藝術鬼的笑容撕下來。

「這是對恩人的態度嗎？」藝術鬼神情自若地說：「接下來，該聽我的條件了吧？知道酒吧鬼最想做什麼嗎？是重建自己的酒吧？是和你在一起？你覺得是那個呢？就這麼說吧：我們需要你停止供應孟婆湯給地藏王菩薩的惡夢地獄。」

「哼。」孟婆丟下藝術鬼拂袖而去。藝術鬼揉著自己的脖子笑了。

「又錯過了嗎？」孟婆心想。

此時她回到孟婆亭在分孟婆湯。排隊的隊伍已經不是好不容易服完刑，終於可以喝下孟婆湯投胎，結束這無止盡的折磨的靈體。而是在地獄有自己的生活和羈絆，哭哭啼啼的鬼魂。

孟婆被吵得有點不耐煩，舀了一勺湯沒放到鬼捧著的碗，而是連湯勺都從鬼的嘴裡塞了進去，頓時所有鬼就安靜了。

旁邊的鬼差說：「眞好運，你之後會含著湯匙出生了。」

眾鬼心想：冰山地獄都沒這麼冷。但鬼差一副你們什麼都不懂的表情，幫忙管理秩序。也不用孟婆供湯，眾鬼自助地舀湯裝碗，喝下投胎。

在和馬面確認消息後，孟婆心想：原來我現在是「塞缸期」啊。沒有眞的把缸塞進酒吧鬼的嘴裡，心裡還是堵堵的。一定是這樣，才不是什麼想他呢？那個不解風情還跳油鍋的傢伙。

但此時，孟婆懷中拿出一疊寫在金紙上的情書開始看著，想起前世的丈夫，兒子，和去刀山冰山約會，還跳了油鍋的酒吧鬼。

「眞是拿他沒辦法。」孟婆將情書收好說。

人死後的靈體都會有黑白無常來接，但出生的靈體又是誰來接送呢？酒吧鬼在喝下孟婆湯前一直這麼疑惑，但孟婆湯的藥效十分強悍且持久，一直在迷迷糊糊的狀態，感覺被推來推去，拉來拉去，然後一陣黑暗就感覺看到刺眼的光線。

酒吧鬼感受到窒息的感覺，哭了起來，卻像怎麼喊都沒有聲音，怎麼吸也吸不到空氣。有一隻手用力地拍在他的屁股上，馬上就浮現五指的掌印，這一刻他一口氣通了，吸到空氣，也哇哇大哭起來。

已經不能再叫他酒吧鬼了，他的過去和未來都從新歸零。

那雙手的主人馬上抱著剛出生的他，溫柔地上下晃動，然後摸摸他的頭，翻了一下他寬大的耳朵，最後露出滿意的笑容說：「太好了，十分健康。」

然後手的主人把他放到地上，在耳朵打上編號XG27-1458的環釘，說：「你將會是上等的培根。」

爲了方便稱呼重獲新生的他，就改稱他叫培根豬吧。

油鍋地獄，臃腫的鬼王坐在高位聽到消息後，用盡全身力氣，逞強地站了起來：「孟婆出手了？」

「雖然不知道什麼時候罷工會結束，但目前情勢是照著藝術鬼的計劃進行。」匯報的小鬼也是肥嘟嘟的，得用滾的進來，無奈地說：「總不能綁架孟婆吧？獄卒復工就麻煩大了。」

情書 24

「我就知道你在天台。」劉信志說：「我聽到一些消息，有點擔心我們之間的約定。希望不會出什麼意外。」

「能有什麼意外？」詹曉軒說。

「是有人來才無視我嗎？」陳怡君說，但詹曉軒還是沒理她。

「你最近和李沐璇走很近嘛。」劉信志說：「好好唸書才是學生的本分啊。」

「這句話我怎麼聽怎麼怪。」

「爲什麼我要賄賂你？」劉信志自問自答：「我爸就看重這個，我怎麼努力都達不到他的要求。沒有好成績就一直被罵，我也很努力唸書了，但我再怎樣也無法更進一步。」

詹曉軒不太相信他的話，但知道如果一直被貶低，人會充滿沒自信的感覺。

劉信志接著說：「我爸說唸多少書就是給我多少遺產，我都懷疑他之後會買發電腳踏車，唸書以外的電都不供給我。而且他最喜歡的就是裝窮，這什麼怪癖啊。明明錢也是爺爺留下來的，他就要裝成是靠自己努力得到的，然後也要我這麼做。」

詹曉軒開始能夠理解他爸了，差別就差在自己沒有有錢的老爸，但想成功的心情是一樣的。

「你不多問，很好。」劉信志也覺得自己沒有必要和生意對象一直抱怨，說：「我有錢僱你，就有錢僱別人。不見得是比你聰明的人，但不在意打你一頓後被抓的人。當然，最好是我省錢，你省事，對吧？」

劉信志不等回答就走了。

「好好用功讀書，別因爲談戀愛分心。我可不想看你成績落後。如果下次考差，那就是轉學。」詹爸對詹曉軒說教完後，看著兒子拿出書來唸，就把門關上偷笑了一下。

不知道什麼時候開始，兒子就不太需要自己擔心，慢慢也疏遠了起來。想找兒子出門，大都藉口唸書就推辭掉了。有時候工作很忙回到家，也只看到兒子唸書的身影。

像這樣最低限度的交流眞的是久違了，其實詹爸恨不得詹曉軒再皮一點，自己還可以

苦惱一下亦父亦友怎麼拿捏。像之前擇善固執，用一句唸書就把所有家庭活動都推掉，自己也說不上什麼。

但詹爸還是覺得戀愛太早，而且竟然不先以家庭優先有些氣憤，只能說事情來得太快，情緒五味雜陳，分析不出塞進嘴的是什麼滋味，連要笑還是要吐都不知道。

關了燈，詹爸很快進入夢鄉。夢中，看到了奶奶在河邊招手。正要回應，發現周圍一排人回應，困惑地看著對方，結果旁邊的人也困惑地看回來。詹爸旁邊的人，就是李昶華，但他們彼此不認識，但又困惑爲什麼對方向自己奶奶打招呼。

身體不知不覺往奶奶走去，但奶奶並沒有越來越近，好像保持著一定距離，直到奶奶進入黑暗之中，而詹爸也走了過去，此時身邊已經沒有人了。聞到了稻草的味道，聽到了馬的嘶叫聲。此時發現身體一動也不能動了。

「壞人感情者，行馬踢之刑。多燒金紙可緩刑。」詹爸隱隱約約聽到這句話後，現實生活一抖，醒過來了，檢查了一下自己狀態，卻吃了一驚：「啊！我下巴脫臼了。」

當詹爸去醫院要把下巴弄回去，看到和自己一樣下巴脫臼的人，昨天夢裡也有看到，十分臉熟。

金紙24

「多謝詹醫生來幫忙。」男子說：「沒想到還是有母豬忽然難產。」養豬場爲了方便控管公豬數量和品質，會在同一時間讓母豬統一用人工受孕。這樣也能控制豬的產期，讓每年產量達到最大化，也不用隨時有獸醫坐鎮，獸醫只要在待產日坐鎮一下就好了。

「有幫上忙眞的太好了。」詹醫生抱著培根豬說：「這隻幼豬眞的還需要照顧，我會幫忙帶回診所照看一下。」

「沒問題沒問題，詹醫生做事我放心。」男子說完就去忙了。剛生下來的幼崽，要人幫餵豬奶，還要磨牙，剪尾，施打鐵劑與疫苗注射。培根豬打完打鐵劑，還沒回復血色，整隻豬慘白到像隨時會逝去的生命。

培根豬出生在現代化養豬場，一出生看到的不是自己媽媽，而是看到詹醫生，這一眼，牠就以爲詹醫生是自己的父母了。

詹醫生抱著培根豬，看著其他幼豬已經趴在母豬旁吸著母奶的畫面說：「這才是家庭不是嗎？」

詹醫生從車子的後照鏡，看了一下後座籠子中的培根豬，自言自語地說：「別擔心，你會好起來的。」

詹醫生兒子十分獨立，在別人眼中是好事，但他卻覺得這個兒子十分陌生，在同一間屋子中像個客人。照顧幼豬，從牠們眼神看到自己被需要的感覺都比兒子還多，不知不覺就越來越喜歡照顧幼小動物了。

到自己診所前詹醫生都一直在抱怨，培根豬也聽不懂，但就安靜的也沒有發出聲音打斷，就好像有在聽一樣，這也讓詹醫生越說越起勁。

「你眞的是不錯的聽衆，那我就幫點小忙吧。」詹醫生說：「但我不知道能幫你多久。」

培根豬被詹醫生照顧得很好，肚子都大了一圈。被放回豬圈時，明顯就比其他幼豬還壯，眼神也更爲犀利。其實牠心態也不一樣，牠覺得自己的爸爸是詹醫生，是人類，只是暫時回到豬圈而已。

「喝奶。」培根豬對母豬叫著。因爲是同產期，所以也沒放回到親生母親這。聽到培根豬的指示，其他幼豬也吵了起來，母豬就走到牆邊側躺，露出乳房方便幼豬吸吮。

仔豬其實是會爲了吸吮乳汁互咬或推擠，並爭搶最好的位置，他們有一定的社會階級。此時所有的仔豬都把最好的位置留給培根豬，也沒有推擠或爭吵。一切都顯得理所當然。

被吸吮的母豬也笑嘻嘻地看著培根豬：「就等你大了，記得要回來找我。」

培根豬不理牠，自顧吸著奶水，當自覺喝夠了，還從位置最差的地方叫仔豬過來牠的位置吸。所有幼豬都不可思議地看著。

前所未見的老大風範瞬間折服所有豬，眞的是前無古豬，後無來**豕者**。跟著老大有奶喝啊，眞的衆豬臣服。培根豬還指揮社會地位更低的豬來一起喝奶，兩隻豬輪流啜飲同一個乳頭。

一切都結束後，培根豬靜靜地找個角落睡覺打呼起來了，全身像發著光。

「哎呀，這不是詹醫生帶走的豬嗎？送回來啦。」男子說：「詹醫生眞的是貴人多忘事，我以爲他會幫忙閹掉咧。越早閹掉肉質越好啊。」

說完就把培根豬抓了起來，做了手術。

「老大！」其他公豬想起來做手術的恐懼。

情書25

咖啡廳一對情侶用兩根吸管啜飲同一杯冷飲。

「今天很開心。」

「是啊。」

「我們該走了。」

「呵呵，是啊，該走了。」

說完這對情侶還坐在原地一動也不動。

詹曉軒張開眼就看到李沐璇的臉就在眼前，兩人嘴裡還含著吸管，幾乎是等於接吻的姿勢。

兩人想理解現在是什麼情形，不由得瞪大眼睛。當了解了情形後，不由得都倒吸一口涼氣，嘴巴一涼，原來是嘴巴還沒離開吸管，把冷飲吸上了來了。

「啊！間接接吻？」兩人同時心想，頭也往後仰，怎麼深呼吸都平息不了加速的心跳。

好不容易平息了自己心跳後，已經過去了十分鐘，這段時間兩人都沒有講一句話。

李沐璇已經看半天自己放在膝上，玩起交錯的手指，聽到詹曉軒先打破沉默：「原來我們在遊樂園。」

往窗外看去空氣中都飄著快樂的氣味，跳躍的小孩子彷彿腳都沒碰到地面，五顏六色充滿整個視野。李沐璇想起平時總是看差不多的顏色，所以總是買各種顏色的筆，把筆記弄得色彩繽紛。而眼中的情形像是把自己買過的筆全都用上一樣，李沐璇眼睛瞪得比剛剛還大。

「走吧！」李沐璇興奮地說。

「去那？」

「都來了，你不覺得該去玩一下嗎？」

詹曉軒盯著李沐璇的臉，從沒見過她露出這樣的表情，但又覺得熟悉，好像在很久很久以前見過，想到這就在心裡自我吐槽：「很久很久以前？這什麼童話故事的開頭。」而這一刻才是詹曉軒和李沐璇的故事真正的開頭，之前都是別人的配角。

「走吧！」詹曉軒嘆了一口氣說。

「去那？」李沐璇擔心著嘆氣代表的意思，又再問一次。

「都來了，你不覺得該去玩一下嗎？」詹曉軒笑了出來。

鬆了一口氣的李沐璇馬上打了詹曉軒肩膀一拳。

詹曉軒覺得有點痛，但也笑了出來。

解除附身的陳怡君馬上被送回學校，張志豪坐在咖啡廳窗外的樹上，邊笑邊可惜陳怡君不能看到這一幕。是該趕快讓她知道計劃成功了，張志豪趕緊回到學校。

「我想坐摩天輪。」李沐璇說：「有人告訴我，從最高點可以很快選好自己想玩什麼。」

「那就走吧。」詹曉軒說。

排了許久才坐上摩天輪，李沐璇坐在外側東張西望，如字面上所說，是一下從左邊看沒過多久就滑到椅子的右邊，隨著摩天輪越高，可以看到的東西越多，她就越興奮地滑來滑去，弄到整個車廂都晃來晃去。

「哦，雲霄飛車是一定要去的。像咖啡杯這種我就還好了。」李沐璇喃喃自語，忽然想到什麼，轉頭看著詹曉軒說：「你有想去那嗎？」

就看到詹曉軒摀著嘴，臉色鐵青地坐在那，眼睛直直盯著地面。

「啊？你有懼高症？」李沐璇不可思議地說：「你不是在學校都常去天台嗎？」

詹曉軒一言不發。

「也是。也沒看你靠近天台邊緣。」李沐璇忽然覺得這個狀態有夠像自己姐妹淘和她男友的相處模式，一個不講話，另一個卻可以心意相通。但……對詹曉軒來說，兩人只是普通朋友而已，可能連朋友都稱不上。

此時來到了最高點。

這也意味著，兩人的位置發生變化，詹曉軒變到視野較好的外側去了。

「我可以跟你換位置嗎？」李沐璇說：「你坐裡面應該比較安心吧？我也可以看到更

多地方。」

「可以。」詹曉軒有點逞強地站了起來，但沒有料到這樣站起來看到的高處景色，和車廂的重心改變，腿一軟，就往李沐璇身上撲去。

金紙25

失去霸氣的培根豬沒理會母豬和其他幼豬的態度變化，而是陷入自我懷疑中，整隻豬好像少了什麼，有點空空的。

當初因讓位而喝到乳水的仔豬肉鬆豬還是把培根豬視爲大哥，這讓他也有一些自信，也開始思考一些事，像是離開這裡，找詹醫生之類的。

「聽說之後我們都會坐摩天輪？」肉鬆豬說：「大哥，你有看過外面的世界嗎？」

「看過，外面的世界吃的東西和我們一樣，大都是稀爛又軟的食物。而且他們很忙都走來走去，你說的摩天輪我沒有看過。」

「我也是聽其他豬講的，說上面很溫暖很舒服。」

「像天堂一樣？」

「像天堂一樣。」

「那我一定會想辦法讓我們都坐上那個摩天輪的。」

「聽說還有雲霄飛車，我們可以掛在上面滑。」

「我相信你，大哥。」肉鬆豬說：「我希望可以讓媽媽先坐到。她已經不能再生了，之後可能要送屠宰場了。」

「唷，這不是只當了三天老大的小豬嗎？」火腿豬是培根豬當老大前的老大，一直對培根豬搶了她的位置，讓她少喝三天最好的母乳懷恨在心。

「你想怎麼樣？」

「想打你。小弟們。」火腿豬的體型很大，沒想到身後擋住一堆小豬：「給我打。」

小豬一擁而上，就把培根豬和肉鬆豬打了一頓。

「這就是惹毛我的下場。」火腿豬說：「最好別讓我再看到你，見一次打一次。」

培根豬和肉鬆豬很沮喪地在角落，身上因爲肉多，倒是沒有見血，但瘀青倒是不少。

「火腿豬如果每天都來隔間閒聊的話，每天都要挨打怎麼辦？」肉鬆豬很難過地說。

「想辦法逃吧。」

「媽媽快走了，我不想離開她。我不像大哥一樣有看過外面的世界，我到外面去，很快就死了。」

「嗯！我明白了。」培根豬說：「火腿豬討厭的是我，我離開就好了。大哥不能再照顧你了，你好好陪在你媽身邊吧，放心，沒事的。」最後一句沒事的，也不知道是對肉鬆豬說，還是對自己說。

「我不要離開大哥。」肉鬆豬難過地說。

「別擔心，不會的。」培根豬努力安慰肉鬆豬，越安慰自己也越沒有底氣。

培根豬等肉鬆豬睡去後，來到水池邊看著自己鼻青臉腫的樣子，覺得十分討厭自己。忍不住跳到水池中，夏季中這樣做十分涼快，豬只有少量的汗腺，只能靠水和爛泥中的水分才能散熱。培根豬此時舒服到不想思考，覺得整隻豬都重生了，但又知道不能放棄，明天還得想辦法對付火腿豬呢。

第二天火腿豬來到水池邊時，就看到培根豬站在前面，惡狠狠地盯著自己，看來這隻豬就是欠教訓。

火腿豬又叫了幾隻手下去教訓培根豬，但不管怎麼打牠，怎麼揍牠，牠都堅持不讓所有豬靠近水池。火腿豬越來越煩躁起來了，覺得火氣都上來了，怎麼手下不快點解決呢？非要自己動手嗎？

火腿豬忍不住了，衝上前要撞培根豬時，沒想到卻被培根豬輕輕一推，就倒在地上了。

此時火腿豬逆著光，只看到培根豬像烏雲一樣的影子，和大到不行的前蹄。

「認輸沒？」

情書26

「沒事的，我保證不會說出去的。」

「不能說謊哦。」

詹曉軒的姿態，讓李沐璇有點想捉弄的心情就說：「你不會還被陳怡君附身著吧？」

「沒有拉。」

「要我不說出去，就陪我玩最想玩的雲霄飛車吧。」

詹曉軒遲疑了很久，最後還是從咬牙切齒的嘴中說了：「好。」

「哎呀，好不情願哦。」李沐璇說：「開玩笑的啦，那咖啡杯總行了吧？」

「應該可以吧。」講完這句話的詹曉軒還是太小看咖啡杯了。

「無敵風火輪。」李沐璇大叫著。

詹曉軒心想：這是會在玩咖啡杯中聽到的詞嗎？

坐在咖啡杯的男女老少，都用力地在轉動圓盤，轉得越快，咖啡杯就會轉得越快。

「身體會因爲慣性往反方向倒啊，這好像是明天的考題吧？」功課太好的詹曉軒對任何事情都會學以致用，並做出解釋，把自己奇怪的身體姿勢合理化。

玩咖啡杯最重要的就是平衡感，李沐璇轉動著圓盤時，出力將自己撐著，所以坐得很正，明白這一點的詹曉軒不甘示弱，用同樣的方式一起轉著圓盤，而他的力量大了很多，也就轉得很快了，李沐璇感覺自己變得沒什麼施力感，換她身體倒另一邊了。

咖啡杯的轉速越快，周圍的景色就模糊。詹曉軒很快注意到自己的眼裡，只有李沐璇是清楚的，不管外面世界如何飛轉，只有咖啡杯中坐著兩人是暫停的。詹曉軒心想：「當初愛因斯坦怎麼不用咖啡杯解釋相對論？」再怎麼不懂女人心思但懂相對論的男人，是不會在此時講出心裡的話，但會默默為自己的想法開心很久。

只有咖啡杯中的人是清楚的時候，就會仔細地觀察對方。詹曉軒才發現在班上一直走氣質路線的李沐璇也有淘氣頑皮的一面，這樣的反差讓詹曉軒覺得十分有趣，好像發現不同面目，就會想看看有沒有其他面向可以看。

有人說愛情就是因為不了解而在一起，也許正因為是這份好奇心激起了探索的欲望，對優等生的詹曉軒而言，面對問題沒有弄個水落石出就渾身不對勁。凡事都先謀而後行的人，不會因此衝動行事。

李沐璇看到詹曉軒盯著自己像發呆一樣，卻不知道在想什麼。不過看到詹曉軒快速轉起咖啡杯就知道碰到好對手了。

李沐璇其實很佩服詹曉軒聰明，看咖啡杯的轉速，體力也不錯，也算是不錯的對象。但和每個聰明人一樣，每個問題都會深思而謀，沒有十足明白自己的心態，不會輕易行動。

不管詹曉軒和李沐璇，都習慣看到未來的景色才會行動的人，缺乏實際的衝動。雖然以他們思考的速度，可以很快看到未來，但多種可能性的未來走向，反而好像有躊躇不前的感覺。

玩完咖啡杯，詹曉軒和李沐璇因爲玩得太厲害，被一堆小朋友指指點點。其實有些小朋友因爲羨慕，要求自己爸媽轉快一點，結果自己暈了在一邊吐，而父母有點埋怨地盯著兩人。

「好玩嗎？」

「還不錯。」

「玩下一個吧？」

李沐璇有預感，今天有可能會像夢一樣。

金紙26

「你怎麼這樣就死了？你還沒有成為像夢一樣的培根呢。」男子悲慟地說。

「來喝咖啡啦。我今天用新買的咖啡杯。」男子老婆在廚房中叫人。男子馬上開心地跑過去，好像默哀已經完畢。

培根豬利用豬沒什麼汗腺，容易過熱這點打敗了火腿豬後，覺得自己已經天下無敵。就打算幫肉鬆豬實現摩天輪的願望。

為了探路，偷偷逃出豬寮後跑到馬廄。黑暗中不小心驚動到馬，就被馬踢死。在陰間被馬踢是破壞別人感情，但在陽間被馬踢，能不能下輩子可以破壞別人感情一次？被馬踢死，就可以破壞別人感情到死？

黑白無常將培根豬帶回陰間，剛過鬼門關，就看到藝術鬼在那等著了。

培根豬一死，馬面收到消息就通知藝術鬼了。

「接下來我來就好。」藝術鬼鞠躬後，就抱起培根豬去做相關手續。

「孟婆幫忙囉。等等你就能看到她了，開心嗎？」藝術鬼摸了摸培根豬身上的毛，捏了捏手感口水都要流下來了：「你應該聽不懂我在講什麼吧。」

培根豬被摸到後頸舒服得瞇著眼，往藝術鬼懷上蹭了幾下。

「很快就會有大把的金紙燒下來了，你也可以重建你的酒吧了。」藝術鬼說：「你知道嗎？你是我最好的朋友，陪你上刀山下油鍋都沒問題，但我還是覺得你眞的蠢得像豬。」

藝術鬼趁著培根豬聽不懂，狂講心裡話。

「沒事裝什麼帥啊？喜歡上人家又不承認？」藝術鬼說：「怎麼不先想想跳油鍋前是什麼心情啊？夠聰明的話，理解它你就不會跳了。」

好像摸到舒服的地方，培根豬用撒嬌乞討更多按摩，但藝術鬼當成培根豬被唸得很爽，想要更多意見。

「雖然你不是你了，你還有前世的優勢。」藝術鬼說：「你喜歡上一個人，不用上自己全力？爲什麼不直接告訴她？你就一個膽小鬼，害怕被拒絕，害怕競爭者。」

藝術鬼眞的說不停：「你前世是被孟婆倒追，你就不知道把她追回來了嗎？至少你在前世還爲了愛情努力，竟然用下藥的方式，這才是我認識的好鬼友。經過地獄各種處罰，你就改邪歸正了？」

「嚄嚄。」

「好啦，我知道。你就害怕了，膽小鬼。」藝術鬼說：「你害怕用自己方式最後推開自己愛的人，或愛的人不再接受自己。但你還開了酒吧？酒是效果最差的孟婆湯吧？」

藝術鬼嘴巴唸歸唸，還是弄好所有程序，最後來到奈何橋下。他把培根豬放到血池中，血池就用靈魂上的記憶和功德重造肉身。

「你眞的是上等的培根。」藝術鬼抱起培根豬說：「我懷念我的好鬼友了，走吧，我們去三生石吧。」

三生石發出綠光照著培根豬，把前世和今生灌進他靈魂記憶中。

雖然培根豬的一生很短，但也意氣風發，不可一世。看著前世的記憶時，覺得酒吧鬼偏偏生爲人，但活得比肉鬆豬還不如。這個傢伙比肉鬆豬更慘的是，嘴硬到不行，從不說出自己的想法。腦中的酒吧屁孩無力地說一句：那是吐槽。但培根鬼很爽快地無視了。

酒吧鬼的人生大約七十多年，但在陰間很久，所以灌記憶時有點久。讓培根豬有點不耐煩，邊看鼻子邊發出不屑的哼哼聲。

藝術鬼看培根豬邊看三生石還邊翻身，想抓背後的癢，提醒說：「認眞看。很重要。最好不要漏了什麼。」

培根豬只好耐住性子看下去，看到酒吧鬼跳油鍋這段，想起自己死前跳水槽時的對比，培根豬就四肢無力，嘆了一口大氣，無力地把前世看完。

「嚄嚄。」培根豬和酒吧鬼在一個身體中，不管如何記憶還是體驗過的最熟悉。

「用豬舌頭講話需要習慣一下，慢慢來。」藝術鬼說。

「汝……就不能先帶我來參生石嗎？」酒吧鬼很不習慣用動物的舌頭，講起話來還是有點模糊不清。

「只有無罪的靈魂才能走在奈何橋上，不游過血池怎麼到三生石？」藝術鬼說：「又不是過世的奶奶在河邊招手的三途川，可以讓你隨便游過去。」

「嚄囉……夠囉。」連吐槽都像豬在叫，酒吧鬼沾了不少培根豬的性格，火氣十分快就上來了，豬鼻子抽了幾下，就往藝術鬼撞去。

畢竟是早夭的小豬，藝術鬼很容易就閃開了，邊說：「我是爲你好啊。」

情書27

「我是爲你好啊。」詹爸揮揮手示意詹曉軒可以離開了。

果不其然，又挨罵了。詹曉軒思考被附身不算自己的問題，覺得自己不應該被罵，不太想頂嘴。不過眞的不是自己問題嗎？詹曉軒忽然想起來，也許眞的是自己的問題：爲什麼不試試那個怪人算命師給的黃水晶項鍊？

好在現在才想起來，太早想起來，就不會有約會的事了。

這眞的是少見的一刻，第一次罵人和挨罵的人都很開心。詹爸是有時間和兒子交流，而詹曉軒是被罵了什麼，就回想起什麼，美好的記憶不停湧現，還得控制自己臉部表情才不會不小心笑出來。

沒想到控制臉部表情比唸書還累人。詹曉軒從抽屜深處找到黃水晶項鍊，邊唸書邊把玩，但一個字也沒唸下去。心裡思量，這東西還是要給李沐璇，只要一個人不被附身，應該也不會附另一個人，所以只要有一人戴著卽可。另外自己還要陳怡君幫忙作弊看有沒有寫對方名字，考試中用又會有反效果。但可以試探一下，讓女鬼知道手中有黃水晶項鍊可以防範也不錯。

「這個給你。」詹曉軒在下課時，把黃水晶項鍊拿給李沐璇：「這個可以防附身。」

「有用嗎？」李沐璇半信半疑。

「我剛到天台試了，沒看到陳怡君，大概是有用。」

「那你自己不留著用？」

「不用，你用就好。」詹曉軒很堅持李沐璇收下。

「好啦好啦。」李沐璇說：「別待在這了，我拿就是了。」

這次附身完，又被師長家長三方會談唸了一頓，現在詹曉軒就站在旁邊，異樣的眼光，讓李沐璇有點不舒服。

這樣的態度，詹曉軒能理解，但卻感覺不能接受，搞得自己有點一廂情願一樣，尤其自己目前還在示好，卻好像輸了一樣。習慣喜怒不形於色的詹曉軒也沒說什麼，默默離開。李沐璇覺得好像得罪他了，但覺得對方不能體貼一下嗎？

老師走進來分發小考成績。

這次沒有意外，兩人都考差了。除了老師關切外，劉信宏也來好好關切一下，但李沐璇懷疑地看著兩人。

「接下來要去那約會呢？」陳怡君和張志豪在籃球場商量去那約會，所以人沒在天台，讓詹曉軒撲了空，所以黃水晶項鍊有沒有效還不知道。

「一直這樣，他們不會生氣嗎？」張志豪還是有一點常識的。

「我們也在湊合他們啊。之後他們會感謝我們的。」陳怡君說：「下次別急著回學校報備，我想知道他們接下來都做了什麼。」

「沒辦法啊，我就想趕快看到……」張志豪差個你字還沒說出口，就看到陳怡君雀躍的身影慢慢消失不見了，張志豪急著在全學校找，但都沒找到，心裡喃喃道：「可以出校園了嗎？那要到那裡找啊？」

下課鐘聲響起。

「對了，請李沐璇幫忙。」

直接跑到校門口等她下課，張志豪努力用李沐璇的特徵找人，卻看到一顆黃色半圓型的球體經過，黃色裡面什麼都看不到，這種奇怪的景色讓張志豪留意起來。最後沒有找到李沐璇，怎麼想都應該在那個黃色球體中，難不成李沐璇找到隔絕的方法了？

「咦～～～」這樣眞的不太妙啊。

金紙27

「咦～～～」這樣眞的不太妙啊。酒吧鬼一個假動作後，藝術鬼好像閃避太多次，身體累了，這次竟然沒閃過，酒吧鬼用盡全身力氣往藝術鬼撞去，後者就被撞飛到天邊，就聽到他的聲音越來越遠：「電燈泡……閃……閃……閃人。」

是什麼地方的電燈泡壞了嗎？聽到「人」字後，酒吧鬼回頭一看：「孟……孟……」

「挺可愛的。」孟婆本來想質問酒吧鬼一堆事情，但低著頭看著一隻豬，什麼話都講不出來。

「謝謝。」酒吧鬼抬頭看著孟婆，想起追女孩子一定要用眼神，就試著用深情的眼神看向孟婆，不過小豬的眼神怎麼都只有可愛。

「爲什麼你前世是他，卻不說？」

「怎麼說？」酒吧鬼說：「我根本就不記得了啊。我怎麼說得出：你注定找不到喜歡的人了？尤其你還等了一萬年。」

「原來，你已經想了這麼多。」孟婆說：「但你不覺得我需要一個答案嗎？」

「我就是答案，但答案又如何呢？」酒吧鬼又想用深情的眼神看對方，但脖子抬得很痠。

「的確。沒想到你就像豬一樣。」

「不是像，就是豬了。」酒吧鬼說：「你願意接受我嗎？也許我不是那個你喜歡的人，卻是喜歡你的鬼。」

孟婆蹲下來看著酒吧鬼，仔細看了他十多分鐘，都沒說話。等待的時間，酒吧鬼被盯到覺得內心忐忑不安。

「不能接受。」孟婆說：「再怎麼樣都希望對象是個人。酒吧鬼的話，還可以從新開始，就算他做了跳油鍋的蠢事。」

「沒錯，油鍋。」藝術鬼好像躲在一邊很久，而且也準備好了刀子，說：「孟婆亭有鍋碗，我就沒帶了。我最拿手的菜是**嫩炸豬頰肉**。」

「等等，你現在該不會要宰了我吧？」酒吧鬼被馬踢死的記憶猶新。

「一定要找帥哥鬼來你才會想跳嗎？」藝術鬼調侃說：「還是一定要油鍋地獄的油

鍋？」

「可惡，你都這樣說了。」酒吧鬼無奈地蹲下四肢露出圓滾滾的肚子：「給我一個痛快吧。」

「「就交給我吧。」」藝術鬼和孟婆同時說道，好奇對方和自己說一樣的話後，就笑了起來，笑到酒吧鬼內心發毛。

「我需要一個了結。」孟婆說：「塞給我一堆情書後就投胎，我才知道沒有把缸塞到你的嘴裡我消不了這個氣。命運就是這點不好，辛苦等了一萬年，卻是這樣的結果？喜歡的人失憶又變成豬，逼我放下思念與執念。我不喜歡這種被擺布的感覺。」

「時間是一把殺豬刀啊。」藝術鬼說：「但真要殺豬卻比不上我這把殺豬刀，一萬年才殺隻豬？這機會我就讓給你了。這個該死的酒吧鬼，白白讓孟婆等這麼久，真的是罪有應得。」

「我知道錯了，快給我一個痛快吧。」酒吧鬼無奈地說。

藝術鬼將刀插在酒吧鬼耳邊輕聲地說：「就這麼想快點死，進血池變回酒吧鬼，重新追孟婆了嗎？」

「你……你……」被看穿的酒吧鬼，只希望孟婆沒聽到，並下手快一點。

「放心，十八層地獄待久了，就會知道幾乎所有地獄都是在做吃的啊！冰山就是冰箱，刀山切菜，更別說石磨，蒸籠，油鍋，舂臼，磔刑了。銅柱根本就是酸菜火鍋的煙囪了。」孟婆說道：「有冰箱的話，就可以慢慢吃了。等等不准暈過去，藝術鬼拿盆水來。」

「滋～」酒吧鬼的肉已經放上烤盤了，而他的靈魂重新跑血池重塑身體，這時可以用兩世的記憶重塑回酒吧鬼，但他的肉質卻比原先更上一層樓。

「眞好吃。」藝術鬼說：「酒吧鬼不在，現在可以說看看你對他有什麼想法？**我保証我不會說出去的。**」

「心情是好一點了。想法嘛，」孟婆十分冷靜地說：「你的保証沒有任何信用可言。我會請馬面多多關照拔舌地獄，看能不能改一下十八層的排名。」

「啊啊啊啊啊啊！」藝術鬼好像了解了酒吧鬼的感受了。

情書28

看著熟悉又陌生的天花板，陳怡君光張開眼睛就用掉所有力氣了。

「醒了，怡君終於醒了。」

聽到周圍的聲音，陳怡君覺得很吵，但連開口都懶。好像睡了很久，做了一個很長很長的夢，全身都還十分痠軟，沒有力氣。夢中是輕飄飄的，但回到現實時，卻是十分沉重。

身上的衣服很舒服，眼睛都還看到紅光。

「沒想到結婚沖喜眞的有用。」

「姐，你已經昏迷了二十多年了。」

「婚字，卽可治女昏，看來是正解。」一個不認識的大叔說。

「王大師眞的厲害。人眞的救回來了。」陳怡君的媽媽握著大叔的手不停搖晃。

「好了，好了。現在陳怡君還很虛弱，需要好好休息，現在這裡人太多了，三魂七魄剛回來，需要好好休息。」王大師說完推著親朋好友出了門。

陳怡君用眼角看了一下床頭和門都貼了囍字，枕頭是紅的。

陳怡君的媽媽留了下來，握著女兒的手說：「妳終於醒了，太好了，二十多年了。我不會放棄我的女兒的。」

「我怎麼了？身體好重，我動不了？」陳怡君驚慌到眼淚都流了下來。

「沒事的，你出了車禍後就暈了過去，經過你高中時，差點沒了呼吸，搶救了一下，沒想到你就醒不過來了。不用擔心，傷還是好了，而且做了很多次檢查了，你身體都沒問題，但不知道爲什麼，就是醒不過來，後來我們才去試一些民俗療法。」
「我好累。」
「沒關係，好好休息吧。」陳媽這樣說，但身體卻沒移動，還是牽著陳怡君的手。
「媽。」
「沒事的。」當陳媽這樣講時眼淚也流出來了：「我就怕你再也醒不過來了，再讓媽多看你一下，好嗎？」
陳怡君也開始有點害怕閉上眼睛了，有時候醒來或睡著，世界就天翻地覆，有時候眞的太刺激。這時就覺得有點對不起詹曉軒了，解除附身大概就像現在的情形一樣。
看著媽媽蒼老的臉，想伸手去摸，卻看到自己的手已經不像記憶中的光滑了，此時竟然有點爲難要不要拿鏡子看看自己的臉，又好奇，又怕不認得自己的臉而心靈受傷。
最後還是拿起鏡子看了自己，變瘦變白了，卻是一種久沒曬陽光的病容，也變老了，笑起來眼角都有皺紋了，時間眞的是一把殺豬刀啊，每一刀都是歲月。
「不要擔心，爸爸不在了。這個爛人，自你車禍後，就一直找各種藉口不回家。」
「好在你不需要其他機器，只需要吊點滴就好，很快我就學會了。我每天都跟你說話，你有聽到嗎？」
「你醒來的時間剛剛好，存款也快要花完了。」

「後來碰到這個王景基大師，教我們沖喜的方式，死馬當活馬醫。啊呸呸呸，這種說法不好。」

「和你結婚沖喜的是你表姐，你該看一下她女扮男裝的樣子。」

陳媽有一堆講不完的話，好像想彌補久違的母女交心時光。

陳怡君很快就想像出陳媽這些年過得有多辛苦，也很感動，但感動中帶了一點窒息的感覺，是壓力？還是要把十多年沒有經歷，沒有體驗過的事一下子都塞進腦海中？

「我有丟捧花嗎？」陳怡君問。

「我們用中式的婚禮，一切從簡。什麼帶路雞，米篩遮陽，青竹插豬肉，踩瓦片都省略掉了。」陳媽說：「參加的人不多，有一些至親而已。還貼了幾張神像當見証，就這樣。」

陳媽指著還放在房間的神像。

陳怡君心情複雜地看著神像前放著一疊又一疊的金紙。

金紙28

「沒有一疊又一疊的金紙燒到陰間啊。」藝術鬼頭痛得大叫。

「豬的體脂肪只有18%。」酒吧鬼說著不相關的話，一直照著鏡子擺著健美選手的正面雙手二頭肌姿勢。經三生石回復記憶又被吃掉一次肉體後，再回血池重塑肉身，用前世的記憶加上今生年輕早逝的肉體，變成一個全身都是精實肌肉，皮膚光滑的酒吧鬼。

「都忙了這麼久，還是沒結果，到底是那裡出問題了？」兩鬼的聊天百分之百沒有交集。

「現在天塌下來我都能頂著。」酒吧鬼擺出側面胸大肌的姿勢。

「金紙沒有燒下來，你就要再投一次胎，這次再有三生石，你也沒有酒吧鬼的記憶了。下輩子是蟑螂的話，我就可以看到生命力頑強的豬了。」藝術鬼說：「這點子好像不錯，眞該找科學家研究一下。」

「這樣的豬沒人要吃吧。」酒吧鬼用後展雙肱二頭肌的姿勢吐槽，反而像在裝傻一樣。

「我倆服你還把吐槽的優先選項，放在人格要消失之前。」

「總會有辦法的。」酒吧鬼擺出側面三頭肌的姿勢說：「這些健美選手的姿勢就不能取得像招式一點，只用肌肉的名字來取，眞的一點都不夠霸氣。」（酒吧鬼幫作者吐槽：功德+1）

「如何如何？」馬面說：「酒吧鬼回來了，有戲嗎？」

「變壯了，腦子和個性也都變了。」鐘藜說：「打掉重練的運氣還不錯哦。」

現在又是地獄姐妹淘睡衣聚會，成員有孟婆，鐘藜，馬面三人。地點一樣在馬面府邸。

「是變不錯了。」孟婆悠哉地喝著酒說：「啊。知道前世丈夫是酒吧鬼後，也如願地打了他一頓，忽然覺得失去幹勁啊。」

「打完還吃了吧。」馬面說：「要不是本官吃素，不然我也想試試。」

「一直看眾鬼都是哭著喝我做的湯，現在也能理解了。」孟婆說：「喝下去，一切皆空，前世今生都不重要了。忽然也覺得自己心心念念一萬年也沒這麼重要了，最後找到時，竟然是一隻豬？」

「這種事想一萬年是不是很蠢？」鐘藜說：「蠢得像隻豬？」

「那你們眞的是一對。」馬面邊說還邊「哎呦」邊和鐘藜肩膀屁股碰來碰去。

「眞是夠了你們。」孟婆看馬面和鐘藜像在看三歲小孩的眼神一樣，慵懶地說：「我怎麼都沒想如果心願完成後要做什麼？我只在乎得不得得到，得到之後的事，什麼都沒想？」

「你那湯說不定光聞味道就有效果了，而你又長期接觸，免疫力又不夠才會這樣。」

鐘藜分析地說。

「一定是這樣，我才老忘了要求要加薪。」馬面說。

「一定是這樣，我才老忘了要求要轉職。」孟婆說。

「一定是這樣，我才老忘了要求要休假。」鐘藜說。

「乾啦。」一伙仰頭就把酒都喝了。

「話說，酒吧鬼竟然沒被血池變成豬頭人身的豬八戒？」馬面說：「我有時懷疑我一世是戰馬，一世是將軍，血池才會把我做成這樣。」

孟婆和鐘藜都不說話，眼神開始飄移，不敢和馬面接觸。

「我開玩笑的啦。不要不說話，好像是眞的一樣？」馬面急了。此時，馬面很希望酒吧鬼在這可以幫忙吐槽一下，沒人吐槽不就變眞實發生過的事了？快來吐槽我啊！

馬面一急，就撲向孟婆和鐘藜了，用打打鬧鬧結束這個夜晚。

情書29

「快考試了，別在天台逗留了。」老師看到詹曉軒在天台喃喃自語，忍不住提醒。

「不守信用。」詹曉軒氣得對天空大叫，好幾天沒在天台上找到陳怡君，怎麼叫她的名字都沒用。

都幫她找到張志豪了，換她該來幫自己看劉信宏有沒有寫上自己名字時，想再三確認行程都沒辦法。

隨著考試時間越來越近，陳怡君沒出現，自己要承受的風險卻越來越高。可能考試零分，也可能因此被家人禁止和李沐璇往來。詹曉軒不想讓兩種情形都發生，卻忍不住一直思考最糟的情形。

不知道爲什麼，在詹曉軒心中最糟的事，不是被劉信宏找人打一頓，或是考試零分留級，而是和李沐璇分開。不過都很糟時，這種細微又很難分辨，就像熱鍋上的螞蟻，不會想在鍋底和鍋緣溫度的差異。

最後還是忐忑不安地參加考試。

「做得不錯，這是你的尾款。」劉信宏十分滿意結果，付得十分開心：「眞的第一名。」

「你就什麼都不寫嗎？」詹曉軒咬牙切齒地說：「你就故意考個零分？」

「你手上的錢是我付錢買你的勞動所得。」劉信宏說：「但你沒有付我考第五名的勞動所得啊。我一定比你收費便宜，但你就沒辦法拿這麼多了。在這社會中，老闆也是別人的員工，凡事都有個價碼不是嗎？沒想到第五名的我，還能跟第一名上課，這爽度，我眞的該多付一點錢。」

劉信宏擺了擺手，假裝把錢收回口袋說：「雖然還是第一名，但好像離滿分還差了幾分嘛，差評扣錢。大概是最近開始約會了？謝謝用我的錢，這樣我也有不少的『參與感』。李沐璇的身材不錯，看來我也賺到。」

詹曉軒眞的氣得想打他，拳頭都握緊了，但知道無濟於事。用自己的大腦，用自己的理智，最後終究是個膽小鬼？爲什麼自己還狠狠瞪著他？拳頭都還是握緊著？不是無濟於事嗎？但就是不甘心。

劉信宏看到詹曉軒的眼神，內心知道：這就是我看我爸的眼神，而我剛講的話一定很像我爸的態度和語氣。自己變成自己最討厭的人的樣子時，內心有一部分是厭惡的，卻很快就享受起這樣的眼神，沒想到最懂自己的，大概就是現在的詹曉軒了，但你只是體會我平時的感覺而已。

「如果你做惡夢的話，記得多燒點金紙。」

「我睡得很好，都不會做惡夢啊。」

「你現實會有報應的。」

「你電影看太多了吧？」

過幾天，劉信宏因爲成績和父親解凍，被歹徒綁架要求贖金。被關在某遊樂場的鬼屋中，也不知道發生什麼事，竟然在歹徒和劉父交涉贖金的時候，自己逃了出來。

原本像這樣讓人感覺劉信宏有勇有謀的事，和劉父的關係應該會更好才是，但是反而一落千丈，而且還淡出角逐繼承者的圈子。

花錢買榜的事，變成白工一件。

金紙29

「什麼？孟孟被綁架了？」酒吧鬼聽到了覺得十分不可思議。

「聽說是在馬面家過夜後，要去孟婆亭上班時被人綁走的。」藝術鬼說。

「怎麼這麼容易被綁走？」

「馬面說孟婆睡醒到上班這期間，是身體自己行動，腦子還在休眠。」藝術鬼說：「簡單來說，就是夢遊。」

「知道孟孟這種情形的，八成是自己人吧？」

「難講，像發孟婆湯這麼無聊的工作，要是我有夢遊的技能，我一定會用上。」藝術鬼一副「我全都了解」的表情說：「而且喝完的人都不記得這件事。」

「不記得的話，還是自己人做的嫌疑最大啊。」酒吧鬼十分頭痛地說：「除非可以喝完後記起來？」

「三生石！！」酒吧鬼和藝術鬼同時大叫。

「不可能吧。」藝術鬼說：「我記得那次孟婆應該沒有在夢遊啊？」

「我也在旁邊，我知道。」酒吧鬼說。

「問題是沒有動機啊。」藝術鬼說。

「動機什麼的，並不重要。」酒吧鬼好像想到某個諧音哏，動了動胸肌後說：「就像破解密室殺人一樣，抓到兇手再問他：密室是怎麼做的？就好了。只要救出孟婆再問他為什麼要抓就好了啊。而且壞人大都喜歡死到臨頭，講一大串自己的動機。」

「殺上油鍋地獄？」

「殺。」酒吧鬼重重地把酒乾了，再把酒杯重重敲向桌子。烈酒像火燒一樣穿過喉嚨後，一股豪情熱勁就從丹田竄到胸口。

「戰袍。」藝術鬼把準備好的花襯衫，皮褲，金項鍊丟在吧台上。

「這皮褲不錯，一定很防水。」

「是不是。」藝術鬼一臉驕傲。

「有這件皮褲的話，你不小心跌倒，不會被你腦中倒出來的水弄濕呢。」酒吧鬼不屑地說：「穿這麼花，馬上就被發現了吧？」

「我們不是正面殺上去嗎？」

「好問題。我覺得還是要思考一下。」

「正面殺上去最快了。」藝術鬼說：「孟婆不在，我們就失去對陽間的連繫。孟婆湯可是直接連著地藏王的夢境，像你這種無罪之鬼，準備瘋狂投胎，把最容易死的畜生道都大量輪迴一次。顏敬秀那世之後一萬年的輪迴次數，壓縮到一年，看你怎麼死？」

「好像不太用思考。」酒吧鬼也有點後怕地說：「你就捨不得我再投胎？」

「誰……誰捨不得你，你投胎我也免了給你酒錢。」藝術鬼十分嘴硬，卻只有一分心硬。

「那你正面殺上去就好。」

「喂。那不是送死嗎？」

「聽我說，這叫調虎離山。你一個拔舌地獄牢底坐穿的鬼，吸引注意力就好了。」酒吧鬼用食指和姆指摩擦下巴，感覺高深莫測地說：「我趁亂去找出孟孟，並把她救出來。」

「爲什麼不是你這個拔舌地獄的前輩去？」

「放下業務太久了，我已經從良了。」酒吧鬼擺出一身肌肉說：「這就是証據。」

藝術鬼徹底無言。

「反正發生什麼事，血池會把你弄回來，不用擔心。」酒吧鬼對計畫越來越有自信，好像孟婆隨時都可以救回來一樣，唯一要檢查的就是自己的肌肉狀態，就對藝術鬼開玩笑的：「你捨不得的是這身肌肉吧……我也一樣。」

情書30

「最後你爸還是要你轉學？」李沐璇闔上數學筆記問。

「是啊。考零分了，覺得該轉去更嚴格的學校。」

「就算全都填同一個答案也不可能零分。你是被霸凌了嗎？要不要我去告訴老師？」李沐璇關心問。

「不用你多管閒事。」詹曉軒最不想讓老師家長介入，口氣直接帶著怒意。但很快發現對方也是好意，情急之下的態度很差勁，又不想說明原因，也不想欺騙對方，口氣軟下來說：「不是你想的那樣。」

最後一句話沒有效果，李沐璇的眼神瞬間變回冷淡，「嗯」了一聲就離開了。詹曉軒看著她的背影良久，欲言又止，最後轉身跑到天台去。

李沐璇算是看透詹曉軒這個人了，其實他一直都想轉學吧？這間學校就沒有值得他留戀的地方？或人？看到他一下就跑到天台，想也知道不想和我們凡人一般見識。

黃韻佳知道李沐璇有心事，其實交了不愛說話的男友後，看人細部表情的功力也越來越厲害了。看到氣呼呼坐在自己座位，拉椅子都發出尖銳的聲音，想也知道姐妹淘不開心的原因，但自己也無能為力，只能在心裡暗罵詹曉軒不解風情，嘴裡卻聊一些不相關的東西想分散注意力。

詹曉軒在天台對著天空胡思亂想，這裡一直是他能擁有的最大空間，這讓他感到很舒服，但就是太過寬闊和安靜。

「碰！」天台的門被粗暴地打開，那個人氣喘噓噓地說：「你果然在這裡。」

原本詹曉軒還有點期待，但定眼一瞧，卻不是自己希望來的那個人。

「你是……？」

「我和你以前常待在這個天台啊。」在學校出現可以當自己媽媽年紀的人這麼講，怎樣都不合邏輯。有鬼這件事也挺不合邏輯的，所以馬上就猜中是誰了。

「陳怡君？」詹曉軒說：「你看起來變老了，你還在喘？你沒死？」

「嗯。」陳怡君扶著門把，還無法多做回應。

「我就覺得奇怪，張志豪死後到地獄，但你沒有。」

陳怡君翻了白眼：「你怎麼不講。」

「嗯，我學到經驗了，下次碰到鬼，先問一下他是不是眞的死了。」詹曉軒用很酸的口氣說。

「還在生氣？」陳怡君說：「我也不知道啊，這也不是我能控制的。雖然答應你的事沒做到，但我還是要再求你一件事。」

「爲什麼我要一直做白工？」詹曉軒抱怨說：「上次的幫忙，我的損失可大了。」

「我也不知道。」陳怡君無力地坐在地上：「我也不知道該找誰了，知道這件事的人又不多，我還很不習慣我的身體，一復活又被要求趕緊去找工作，也不知道有什麼方式可以找到張志豪，也不知道該不該去找。找了也許就是最後一面了。我不知道，我什麼都不知道。」

陳怡君一口氣說完一大堆話，就累得坐在地上，整個人縮了起來，也不管地上髒不髒。短短一個月，生活發生天翻地覆的變化，身體適應不良，更何況肉體反饋的感受太過強烈，像當初附身一樣，現在陳怡君一急就開始一直打嗝。

「你過度換氣了。看來你眞的不習慣現在的身體。」詹曉軒還是心軟了，輕輕拍著陳怡君的背。

「不是半透明的，就不會想從頭穿過去。」詹曉軒邊拍背邊說。

陳怡君想起第一次見面，也笑了，小心翼翼地要求：「我想再見張志豪一面。」

張志豪回城隍報到時，被門神攔下。

「怎麼了？我有按規矩準時回來。」張志豪說。

「我知道，不是這件事。」門神說：「你任務已了，過了此門後就要準備回地獄繼續受刑了。」

「為什麼？」

「陳怡君沒死，人鬼不得相戀，可見天命不在你這。」

「陳怡君沒死？」張志豪喃喃自語，然後眼睛開始放光：「你說過了此門？」

還沒聽門神回應，張志豪直接跑了。

「很好。」門神喃喃自語：「他是報到了，但沒過門，我去抓他會不會被馬踢呢？」

剛剛只顧著逃，此時回想起，才驚覺聽到的訊息量有點大：陳怡君沒死？那到底發生了什麼事，這輩子再也見不到陳怡君了？能幫助自己的，也只有李沐璇了，但她好像又被什麼東西保護起來了。

張志豪邊胡思亂想邊飛著，也沒管自己往那裡前進，回過神來飄到和陳怡君第一次約會的地點高處咖啡廳。想起陳怡君說的話，眼睛一亮，繞了咖啡廳一周發現遠方有一個顯眼黃色球體。

金紙30

油鍋地獄。

「你是油鍋鬼王？」藝術鬼說：「我記得油鍋鬼王長得很帥。你把他趕下台了？他去那裡了？」

「找他做什麼？」

「我懷疑他綁架孟婆，要他交出孟婆。」藝術鬼說。

氣氛忽然變得很奇怪，眾鬼似笑非笑。

「你走吧。不要讓我在油鍋地獄看到你。」油鍋鬼王說。

「不對勁！」藝術鬼直覺有問題，思考怎麼聯絡酒吧鬼，眼神開始飄移。

油鍋鬼王見狀，猛然醒悟大叫：「這是調虎離山，附近一定有酒吧鬼。快把他們給我綁起來。」

「酒吧鬼就是個廢物，有我就夠了。」藝術鬼看到油鍋鬼王還在東張西望，大叫：

「不要無視我。就我一個。」藝術鬼用力揮動雙手，大聲吼叫來吸引油鍋鬼王的注意。

「我信你個藝術鬼。」

「不要用我的名字當髒話。」看著慢慢逼進的小鬼，看來只能逃了。

藝術鬼利用刑具推向追他的小鬼，後來還打翻了一兩個油鍋，讓小鬼們連站都站不穩。藝術鬼當然不會放過這大好的機會，繼續打翻油鍋，但這次是倒自己正前方，大叫：「腳底抹油，跑啊。」

眾小鬼也開始有樣學樣，在油鍋地獄滑來滑去，橫衝直撞。藝術鬼尋思還是邊逃跑邊找可以躲藏的地方，再想辦法聯絡酒吧鬼。

可以躲藏的地方，通常也是放贖金或肉票的地方。藝術鬼還在想正在清洗的油鍋可以躲人，沒想到躲進去就看到孟婆。

孟婆在一個跑步機上不停地前進，前面放著一些鍋碗瓢盆，一看就是做孟婆湯的工具，只要沒碰到工具就不會醒來。

其實就如同等待一萬年的執念一樣。有時候，一直堅持也不知道是不是對的，但一放棄堅持，之前的努力就白費掉，而沒辦法接受沉沒成本。而度過這麼漫長的歲月，沒有行屍走肉，醉生夢死的時刻，是走不下去的。

強如孟婆，在自己執念下，竟然也如此脆弱。明明醒來是這麼容易的事。

「快醒醒啊！孟婆。」藝術鬼大叫。

「她耳朵已經用油浸過的布塞住了。你叫破喉嚨也沒有用。」油鍋鬼王無聲無息出現在藝術鬼身後，並用自己龐大的身體擋住唯一出口。

油鍋鬼王舉手一握說：「油鍋鬼衆，藝術鬼已經逃不掉了，這附近一定有酒吧鬼，快把他找出來。」衆鬼聽從命令開始找鬼。

「至於你。」油鍋鬼王對著藝術鬼說：「你三番兩次都來壞我好事，我正好有一個很好的方式解決你，那就是消化。」

「等等，把我關起來就好了，我不會逃的。」

油鍋鬼王把藝術鬼抓起來丟進嘴裡，藝術鬼還看到牙縫中間的剩肉，只感到腰部一痛，被門牙腰斬了。

「啊！好痛！」藝術鬼此時揮動雙手和大叫，比剛剛吸引注意力時自然多了：「小說中不都是無傷地吞下去嗎？這樣我還有反敗爲勝的機會啊。」

「我知道，但這樣才幫助消化，讓我可以吃更多的東西。」

「你聽得到啊。」藝術鬼的聲音越來越微弱，最後聽不到了。

酒吧鬼氣喘吁吁，此時也是自身難保，他正躲在某座油鍋的附近，看到衆鬼搜尋的距離越來越近，開始緊張起來了。一準備移動，就不小心踩到點燃油鍋的柴木。

「我忘了我現在壯到連手臂粗細的柴木都能輕易踩碎了。」酒吧鬼一邊暗自後悔一邊覺得這句話怎麼聽起來炫耀意味更多。而眾鬼已經發現他的位置，直接終止搜尋，都往聲音的方向衝過去。

「可惡。」酒吧鬼抓起幾個小鬼往油鍋丟，但油鍋沒點燃，很快就又往他的方向游過去。

「這樣不行。」酒吧鬼再怎麼壯，也沒辦法對付這麼多敵人。手臂胸口已經出現抓痕，衣服也裂開，露出結實的肌肉。

「啊！藝術鬼，打敗鬼王就別看戲了，快來幫我。」

「怎麼可能，藝術鬼已經被吃掉了。」小鬼說。

雖然眾鬼知道藝術鬼不會是鬼王的對手，還是直覺地回頭看一下。而酒吧鬼就趁這個機會逃回拔舌地獄。

情書31

「你不是要我別多管閒事嗎？」李沐璇問。

詹曉軒把身後的陳怡君拉出來說：「跟你介紹一下，她是陳怡君。」

「別開玩笑？我看得到她？」李沐璇不信任地說：「她不是死了嗎？你隨便拉個人就說是她？」

陳怡君表情像畏光的病人看到了光說：「眞的是我。這樣說吧！你數學筆記第三十六頁。」

李沐璇聽到臉就紅了，急忙說：「好啦。好啦。我相信了。」

詹曉軒問：「那是什麼？」

「女人間的小祕密。」陳怡君說。

「對對對，問這種事很失禮耶。」李沐璇拉著陳怡君的手拉離詹曉軒說：「不介意我叫你姐姐吧。」

陳怡君和李沐璇同時揮手叫詹曉軒滾遠點，別偷聽兩人講話。

「你想見張志豪最後一面？」李沐璇悄悄說：「我該怎麼幫忙。」

「可以再被他附身一次嗎？」陳怡君說。

「所以張志豪在這？」

「我相信……他會想辦法在我身邊的。」陳怡君只有這句話講得很有自信。

「我爸說如果張志豪出現要叫他來。」李沐璇說完就打電話了。

詹曉軒等了一個多小時都睡著了，被陳怡君搖醒後，看到她在哭。

「原來一切都是我一廂情願，我懂了，我眞的懂了。」陳怡君撕心裂肺中，也不管李家父女在一邊竊竊私語。

「怎麼了？」

「他走了，不想見我。」陳怡君的回答牛頭不對馬嘴。（牛頭馬面每次聽到這成語都會忍不住對視後乾嘔。）

好不容易搞懂前因後果後，詹曉軒走向李沐璇說：「黃水晶項鍊還我吧。」

「你送我了，爲什麼我要還你？」李沐璇還是對早上的事懷恨在心。

「我猜啦！是這個黃水晶項鍊的問題。」

「可能有這種超現實的事？怎樣都不合邏輯。」李沐璇講完，詹曉軒就轉頭，順著他轉去的方向看到陳怡君。

「好哦。」李沐璇拿下黃水晶項鍊交給詹曉軒。

詹曉軒心裡有點困惑：「爲什麼在吵架你還戴著？什麼意思？」還是忍住沒問。看著項鍊，沒有狠狠揍劉信宏的那拳，在理智控管下的忍耐，對生活的憤怒，感情的不順遂。衆多複雜且負面的情緒都壓抑太久急需釋放，此刻詹眞的用盡全力把項鍊丟出去，眞如飛到天邊一般消失不見。

「知道怎麼不早弄？快嚇死我了。」陳怡君終於見到張志豪了，

「我不想說再見。」陳怡君說：「我心裡知道，是再也不見了。」

「我不想說我會等你。」張志豪說：「我心裡也知道，我寧可永遠等不到你。」

「我不想你走。」

「你該把這一切當成是一場夢。」張志豪看著城隍廟方向：「我也會當做一場夢，畢竟，沒附身你就看不到我，不就代表我們沒有相同執念嗎？」

「你是說，上天告訴我們，其實我們不適合？」

「對啊。這本來就是一場錯誤。」

「那爲什麼陰間拿到情書就會被馬踢？」

「因爲我們有該做的事。」張志豪眼神複雜地看著詹曉軒，這趟陽間行竟是爲人作嫁。

大部分言情小說的生離死別是得絕症出車禍之類的，但爲什麼自己的生離死別是有人活過來？討厭一切都被命運的安排弄得死死的。

張志豪心裡是十分希望陳怡君能跟自己走，也希望自己能留下來，但知道人鬼殊途，這樣是沒有結果的。到目前爲止，都是上天當壞人拆散自己的感情，但現在要變成自己來當這個壞人了？明明是做對的事，但怎麼比磔刑還痛苦？

「其實我在地獄也找到喜歡的人了，我只是藉這件事來陽間透透氣而已。」張志豪不知道該做什麼表情，只能想像著送自己到陽間藝術鬼說話的樣子：「對你來說可能只有十多年，但我在地獄一百多年了，我不可能什麼事都沒做吧。」

「你騙人！要是你是會行動的人，那會寫這麼多情書？」

「就當我騙人吧。」張志豪說：「但我接下來說的，一定不會騙你：人都是會變的。啊，我膩了，我想回陰間找她了。」

金紙31

酒吧鬼馬不停蹄，直接往血池前進。計劃失敗了，油鍋鬼王已經有警覺心，之後會更難下手，目前自己已經想不到其他辦法了，只能和藝術鬼商量，讓聰明的鬼想新方案，有力氣的自己做苦力活就好。

酒吧鬼在血池附近來回踱步，已經走了一兩個時辰，但怎麼都等不到藝術鬼復活。

「難不成，藝術鬼被吃掉了卻沒死？」酒吧鬼一陣不安襲上心頭：「靈魂被困住肚子裡了？」

酒吧鬼不是一個坐以待斃的鬼，少了智囊又怎樣？還是要救孟婆救藝術鬼。

吐槽個性大都是挑別人錯誤，此時不管腦中出現什麼，酒吧鬼都會瘋狂吐槽自己的想法。

胡思亂想又一兩個時辰，酒吧鬼知道這樣思考很沒效率，但卻不想放棄，至少在豬生時，自己沒放棄過。

那時泡在水池中十分舒服，像重生一樣，重生？重生？想到這裡，酒吧鬼眼睛一亮，心中好像看到了什麼，但不是很清楚，現在最重要就是把模糊的想法從沙子中拿出來。

以少敵眾，以弱敵強，只能拼命同歸於盡，讓對方感到威脅。但並不是這樣就一定能成功，弱者的勝算還要有一半以上，還要快速達成才能讓對方來不及思考，若是淪爲消耗戰，弱者是沒有任何勝算的。

有了主意後，再用自己拿手的吐槽反復敲打打磨，酒吧鬼不再像之前依賴豬生而莽撞，人生和豬生終於在此刻完美整合成一個形體。混身是勁的酒吧鬼拿著兩三個喝光的酒瓶走出了酒吧，彷彿全身閃爍著光芒。

「你還敢來？」發現酒吧鬼的小鬼驚叫：「快把他抓起來，通報老大。」

「不用動手動腳的。」酒吧鬼說：「我自己會走。」

很快，酒吧鬼就被帶到油鍋鬼王面前，油鍋鬼王的塊頭是酒吧鬼的四倍左右。還不止這樣的差距，鬼王周圍的小鬼大小和酒吧鬼差不多，就算酒吧鬼就以一敵百，但小鬼數量卻有上千。

「少了藝術鬼，你就想不到辦法了嗎？」油鍋鬼王笑了，眼前的酒吧鬼就像螞蟻一下，隨手就可以捏死。

「交出孟婆，交出藝術鬼。我可以饒你不死。」酒吧鬼神色自在到所有鬼都覺得血池在重塑肉身時沒給他腦子。

「聽說他剛投胎變成豬。」小鬼們在竊竊私語。

「正面硬扛老大，難怪腦子像豬。」驚呼聲此起彼落。

「鬼王最愛吃豬了，可能會要活捉。」

「血池應該會給他的身體上好的豬肉。」

酒吧鬼一句不漏地都聽到了，翻了翻白眼。深深吸了一口氣後，就往油鍋鬼王走去。

「這可不是你家後院。」鬼王說：「鬼眾，給我上。活捉，我要吃了他。」

眾鬼衝上圍攻，酒吧鬼抓起一小鬼，打算把他當武器甩，不過揮了幾下，就只剩下大腿了，看來這小鬼會被油鍋炸得十分酥脆。

眾鬼一擁而上，也不管能不能傷到酒吧鬼。在酒吧鬼眼中，就看到無數的手向他抓來：「想搶腿吃？油鍋地獄都這德性？」

應付的手不多，很快酒吧鬼身上就充滿傷痕，揮舞武器一圈，雖然逼退了一輪攻勢，但手上的大腿也只剩骨頭，隨手丟在地上，做了一個邀請的動作，胸有成竹地說：「來吧。」

何等挑釁，衆鬼氣得衝上去，就把酒吧鬼狠狠揍了一頓。

「不是很跩？」油鍋鬼王看著四肢都脫臼，還用自己的四肢綁起來的酒吧鬼，就看到綁好的東坡肉，閃爍著油亮的光芒開心地說：「我就送你去見你的難兄難弟吧。」

但酒吧鬼笑了。

情書 32

張志豪轉頭和李昶華交待多燒點金紙給城隍的門神後就解除附身了。

李沐璇一回復意識，就看到淚眼汪汪的陳怡君，馬上就覺得這一切，都是張志豪的錯，氣得想找回戴上黃水晶項鍊再也不拿下來，卻被李昶華攔住搖了搖頭。

「幹嘛不讓我知道？」

「事情有點複雜。我們也要釐清一下。」

「我知道！又要我別多管閒事，是吧？黃水晶項鍊給我找回來，我不想再見到張志豪。」李沐璇說。

「他回地獄去了。再也見不到了。」陳怡君說。

原來是分離的難過。那的確有點複雜，碰到複雜的事，如果有一個怪罪的對象就好了，事情會簡單很多，也可以放棄思考解決方案。

「人間是說來就來說走就走的嗎？」李沐璇還是氣憤地說。

詹曉軒覺得這樣的說法好像是勸陳怡君尋死，急忙說：「別多管閒事。」

「又別多管閒事，就不是我的事，還來找我，幫了忙又叫我走。我走。」李沐璇說完就頭也不回地走了。

李昶華邊和女兒一起離開，邊勸不要和這種人來往。

「他走了。」陳怡君說。

「嗯。節哀。」詹曉軒說。

「他故意想把我氣走。」

「你又何必這麼清楚？難得糊塗不是很好嗎？」詹曉軒覺得張志豪眞的一點演技都沒有，身體不是自己的，用不習慣嗎？這種俗套的劇情誰都看膩了。在場除了李沐璇不知道發生什麼事外，其他明眼人都看得出來。連李昶華也一副只有自己看透好友在做什麼的驕傲表情。

「也許不知道會比較好。發生不可挽回的事，才會悔不當初。」陳怡君說：「我那年代很難接受女生倒追男生。但如果不在意別人眼光，也許能得到自己所要的。」

「如果時光重來，你會做怎樣的選擇？」詹曉軒問。

「這個問題很蠢。」陳怡君說：「我也很蠢，就是不知道未來會發生什麼事，就算時光重來，也是做重複的選擇。」

「就算是聰明人，也說不准未來會發生什麼事的。」

「只要覺得未來有可能後悔，就算機率只有千分之一，也要想辦法去解決。」陳怡君嘆了一口氣說：「等到情書寫在金紙上時，真的一切都太遲了。」

「是不是理智都明白，但情緒很難轉換？」詹曉軒看陳怡君咬牙切齒就問。

「是啊！最氣的是，都知道太遲了，也不把話講清楚。」陳怡君怒道：「都知道是最後一次見面，也不好好講話，而且還掛我電話。」

「李沐璇不是電話。」詹曉軒說：「雖然都是看不到本人的通話方式，至少我們還看得出他是口是心非。」

「你可以跟我背對背嗎？」陳怡君說。

「可以。」詹曉軒已經知道反抗是沒有用的。

陳怡君回想起當初在校園也是和張志豪背靠背，但那時附身在詹曉軒身上感受到的張志豪的嬌小，但現在卻是反過來。

「你這個大笨蛋。」陳怡君大吼。

「說誰呢？」

「就是你，張志豪。」

「我不是。」

「你是。」

「好吧！我是。」詹曉軒無奈地說。

陳怡君從頭到尾都沒有轉身，只是對著虛空大叫，彷彿那裡站著張志豪。

「爲什麼你什麼都不講？」

「那你爲什麼不講。」

「回答我。」

「沒有勇氣，害怕被拒絕。」詹曉軒故意不說「我」字，還是想置身事外：「你就自己挑一個吧。一直到金紙燒到地獄，才知道你在想什麼。」

「最後爲什麼還要說謊？」

「因爲你該活下去。」

「你沒有勇氣，就以爲我也沒有勇氣？」陳怡君說：「我一定會好好活下去啊。你都等得比我久，爲什麼覺得我不能等？你是不是大笨蛋？」

金紙32

「等你很久了。」藝術鬼看到酒吧鬼並沒有覺得吃驚。

「沒意思。」酒吧鬼嘴裡這麼說，但心裡大爲震驚，這裡眞的是地獄中的地獄。藝術鬼已經被消化得差不多了，只剩靈體，同樣的靈體有一堆，大家都壓縮自己的空間讓這裡勉強能過日子。

「帥哥鬼，油鍋鬼王的眞實身分都是蠻橫鬼。」藝術鬼說：「沒想到在鬼王的肚子裡，聽到的消息比酒吧還多，肚子裡嘴這麼近，我才知道原來這才是聽八卦的好地方。」

「喂！」酒吧鬼稍稍努力用一張嘴捍衛一下自己的酒吧：「你就只關心八卦嗎？」

「八卦才會創作出最偉大的藝術品。我不是搞到地獄全都罷工嗎？」藝術鬼不理酒吧鬼繼續說：「蠻橫鬼就發現自己怎麼吃東西，也不會燒起來變成灰了，就開始狂吃。原本瘦骨如柴的他就吃胖了，沒想到吃胖後就變帥了，不再像一具骷髏。」

「吃東西就變帥，難怪我覺得吃了我好幾次的你，長得挺藝術的。」

「喂！」藝術鬼稍稍努力用一張嘴捍衛一下自己的臉說：「幾百年沒吃東西，又可以開始東西的下場就是暴飲暴食。最後變成大肥豬。」

「什麼肥豬。」今生是豬的酒吧鬼說：「豬的體脂肪只有十五左右，比你還壯好嗎？」

「我們努力想讓地獄不再罷工，他就來阻撓我們。」

「難怪他對我們的行動十分熟悉。」

「吃胖成這樣，誰認得出來啊。」藝術鬼說：「看不出蠻橫鬼是這樣狼心狗肺的東西。」

「都在地獄了，那個是好鬼了？」

「回到主題，你都進來了。」藝術鬼說：「還有誰能救我們出去啊？」

「我都進來了，當然已經想到方法了。」

「呦呵。動腦子了。」藝術鬼說：「我欣賞。趕緊把我們救出去吧。」

酒吧鬼一直毆打自己的肚子，旁邊的靈體都替他覺得痛，打著打著就吐出一個酒瓶，然後又一個酒瓶，拿出了六七個酒瓶。

「之後我到你酒吧喝酒，請你也用這樣的方式上酒，雖然噁心，但我看得很爽。」

「別鬧了。」酒吧鬼打開酒瓶，倒了一點水在藝術鬼已經被胃酸腐蝕的肉體上，肉還是復原了。

「忍著點。」

「我不會痛啊。」藝術鬼開始重生出肉體，這種熟悉的感覺，但還是忍不住確認一下：「這是……血池的水？」

「對，但等等就會痛了。」酒吧鬼自己也淋了一點，接下來就開始狂灑血池的水。被蠻橫鬼吃下肚，消化掉肉體的魂魄，開始一一長出肉體。

「你他媽的夠狠。」藝術鬼忍不住暴出粗口，聰明的他已經猜到怎麼一回事了。

各種動物還有一些鬼還開始都變回原來的形狀，就算蠻橫鬼的胃再大，也容不下所有吃過東西的體積。

蠻橫鬼才感覺吃了酒吧鬼就有點胃漲的感覺，還在想「還怕沒吃飯沒有飽足感，沒想到吃一個酒吧鬼就飽了？」還嘴饞的他，還想往嘴裡塞東西，就覺得肚子不怎麼舒服，就聽到「碰」一聲，整個鬼從肚子被炸開。

豬牛羊馬等四隻腳的，一逃脫蠻橫鬼的肚子，加壓力很快就衝出去了，接下來是雞鴨鵝等鳥類，不會飛的也往上噴出，在空中滑翔。有兩團肉團沾滿汙泥的，就是酒吧鬼和藝術鬼了，旁邊還有好幾隻魚在跳。

兩鬼互看就笑了起來，對方眞的是有夠狼狽的。身上除了胃酸外，過度擁擠下，有些動物都噴屎了，當然也有可能是被消化掉的屎。

「蠻橫鬼呢？」

「沒意外，應該是回到血池了吧。」

「沒弄死他？」

「他已經死了。」這次換藝術鬼可以講自己最常被蠻橫鬼吐槽的話了，心中有種爽感。

情書33

「他已經死了。」詹曉軒嘀咕地說。

「不要出戲。」陳怡君斥責。

「還沒講完啊。」

「爲什麼你當初要去盜墓？」

詹曉軒差點就要吐血，這麼誇張的經歷你要我怎麼演？怎麼可能知道這問題的答案？

「回答我。」看詹曉軒沉默不語，陳怡君又連忙追問。

「還不是要給你好的生活，有錢才能讓你以後過好日子。」

「你都不在了，還有好日子嗎？你倒好，死在要盜的墓裡連自己墓都省了。」陳怡君想著想著又哭了，這精神狀態眞的挺恐怖的。

「張志豪是這樣死的？資訊量太大了，大姐。我什麼都不知道啊。」詹曉軒心想，但嘴裡說：「你不懂，貧賤夫妻百事哀，念再多書也不一定能有錢讓你過夢想的生活啊。」

「是啊。」

詹曉軒心想：「反駁我啊。沒人吐槽眞難受。」

「最後還是靠金紙上的情書，我才過了一陣子夢想的生活。」陳怡君接著說：「這就是你要的結果？」

「這怎麼會是我要的結果？」詹曉軒在過度燒腦的情形，忘了自己不想代入，首次加了『我』字：「我也不是自願選擇離開？就挺而走險一次就一敗塗地。我爲了什麼？」不自覺代入自己幫忙作弊搞得一身是泥的險境。

「爲了什麼？」

「我……我忘了。」詹曉軒支支吾吾地說：「忘了什麼時候開始，我只知道我要很努力才能有女生喜歡，或是才能問心無愧地站在她身邊。」

「你還有機會。」

「你出戲了。」詹曉軒入戲了，又強迫出戲了。這一切好像和自己無關，又好像有著千絲萬縷的關連。

「這是重點嗎？」

「不是。」詹曉軒像被雷劈到，自己眞的是想要錢嗎？最後也是想得到愛，想得到關注或是稱讚。用成績可以數字化做了多少努力，用錢可以數字化得到多少愛。最後把錢當結果，卻忘了活著才能得到想要的，而想要的也不是一串數字。想到這裡大叫：「不陪你演了。」說完就往李沐璇走的方向跑去。

「李沐璇，我喜歡你。」詹曉軒抓住李沐璇的肩把她轉了過來說。

「你是不是當我不存在啊。」李昶華說。

「你不是要我不要多管閒事？」李沐璇不解：「現在又來告白？」

「我幫人作弊把自己賠了進去，並沒有被人霸凌，只是害怕你知道後離開我。」詹曉軒說：「最後我知道我做了一個讓你都會離開我的決定。我不會再有瞞著你的事了。」

「不是瞞不瞞著我的問題。好吧！也算是。我不喜歡的是什麼都不知道，像外人一樣。」

「像外人？」詹曉軒說：「你答應和我在一起了？」

「不要和他在一起。」李祖華語重心長的說：「他又看不到張志豪，代表沒和你有相同的執念。」

詹曉軒說：「我看不到張志豪，你看不到陳怡君。我們一定沒有同樣的執念，陳怡君放棄了，一大部分也是因爲生死離別。但我不會。就算沒有同樣的執念，我也想和你在一起，直到找到爲止。」

「你就要轉學了。」女兒的話又讓李祖華解開皺起的眉頭。

「我會寫信給你。」

「都什麼年代了還寫信？」李祖華嘲笑地說。

「我用金紙寫給你，你也用金紙寫給我。就算死了，我也要留著這些情書。」詹曉軒說。

陳怡君坐在山上的長椅上偏左側，天上繁星點點，銀河連到地上燈火闌珊。七夕剛過，銀河邊的牛郎星和織女星慢慢分開。

「我會好好的，我會準時吃飯，我會準時睡覺，我會每天運動，我會少玩手機，我會……」陳怡君用只有兩個人聽得到的音量說。

張志豪坐在長椅的右側，沒有肉體就沒有眼淚，此刻只想快回到磔刑地獄，千刀萬剛時，痛哭一場反而痛快了，發洩完也沒人知道自己爲了什麼崩潰。默默聽到陳怡君繼續說：「……我不會再愛上一個人了。」

門神的手搭上了張志豪的肩。

合昏尚知時，鴛鴦不獨宿。但見新人笑，那聞舊人哭。

——唐。杜甫。佳人。

金紙33

「這裡就是關孟婆的地方？」酒吧鬼問，把血池的血都用光後，再受的傷是沒辦法復原的，摸了摸自己受傷的地方：「肋骨大概斷了好幾根了。」

「是，蠻橫鬼簡直是喪心病狂，竟然用減肥的方式折磨孟婆。」藝術鬼不屑地說。

「我……我就不進去了。」酒吧鬼說。

「又來了。你這病得治。」藝術鬼說：「想光明磊落得到對方芳心，不想靠前世，不想靠英雄救美。歹戲拖棚了這是。」

「我良心過不去。」

「酒吧鬼那世怎麼不會良心過不去？」

「當然是我在地獄受苦後，洗心革面了。」

「我呸。」藝術鬼指著酒吧鬼鼻子說：「膽小鬼。」

「我可沒辦法像你一樣做事都不管後果。」酒吧鬼不屑的說：「還要我來幫你收拾擦屁股。」

「誰說我不管後果？」藝術鬼眞的不管後果就一拳往酒吧鬼揍去。

「可惡，文明只有『已知用手』的程度，實在太難溝通。」酒吧鬼抓著藝術鬼的舌頭往下一拉，加上膝擊。

「不可教化的鬼，只能重新開機或投胎。」

「再投胎，我就消失永遠不見了。」

你一拳我一拳兩人打了半個時辰，傷上加傷，變得更加狼狽不堪，兩鬼氣喘噓噓倒在地上。

先站起來的是酒吧鬼，伸出手想把藝術鬼扶起來。

藝術鬼打掉他的手說：「這不是打一架，感情就變好的青春偶像劇。」

「改變自己兩世幾百年的生活習慣很容易嗎？本性難移，也不是說改變就能改變的。」酒吧鬼說：「說改變就改變，就等於我白活了，不是嗎？」

「一隻鬼生活，很難爲了自己改變，最後都是爲了別人而改變自己。」藝術鬼說：「你最近一次改變就是重新投了一次胎，一定要死一次才能學到什麼嗎？至少知道該改變就改變，我們還可以選擇變成自己想要的樣子。」

「這樣學最快。」

「那我來教你吧！在陽間被踢一腳可能會下地獄，但在地獄被踢一腳卻可能上天堂。」藝術鬼迅雷不及掩耳，使出全力給酒吧鬼來了一腳。這一腳夾帶當初面對孟婆的恐怖給酒吧鬼的一腳之緣，以及久病成良醫的模仿馬面踢擊。

「這樣和讓我投胎有什麼不一樣？剛講的都屁話？」

「你沒救了，這樣比較快。」

酒吧鬼被踢向孟婆，撞離跑步機。在空中，酒吧鬼還是努力抱住孟婆讓自己當肉墊。喜歡上這個堅持一萬年不想改變的女鬼，酒吧鬼其實也知道，沒有做一些改變的話，是沒有當肉墊的資格，或說是福利。

「咦。怎麼弄得滿身是傷，是爲了救我才變成這樣嗎？」孟婆說。

「嗯。」酒吧鬼說。

「在地獄中果然沒有良心這東西。」藝術鬼說完被酒吧鬼狠狠瞪了一下，還比了拉出舌頭膝擊的動作。

孟婆沒看到小動作，就抓起酒吧鬼比拉舌頭而握緊的拳頭，身上發出金色的光，傳到酒吧鬼身上，瞬間把他的傷都治好了。

「這點小傷，不用功德之光。」酒吧鬼挺了挺胸說：「回到血池又是一條好漢。」

「你說，我身上這些傷，是不是也可以請孟姐高抬貴手，幫幫忙幫幫忙。」藝術鬼不知羞恥地抱大腿。

「滾。」孟婆一腿把他踢開：「回到血池又是一條好漢了。」

「痛痛痛。」

孟婆意有所指地說：「沒有什麼事是踢一腳不能解決的，有的話，那就兩腳。」最後笑著看了一下酒吧鬼。

情書34

「有科學的幫助，我相信很快就可以幫你找到對象的。」陳怡君送走最後一個客人，疲憊癱坐在會議室的椅子上。

做相親公司已經五六年了，但自己的感情卻是一片空白。家人都說：「你就不能幫自己找嗎？」最後陳怡君眼神和心總是飄向遠方，不知道看著那個大樓的天台。

陳怡君雙腳推動椅子旋轉，一下看到桌子上的個人資料，一下看到牆上湊對成功的情侶，一下看到時鐘，驚呼：「啊，都這個時間了。」

算是自己湊合的第一對情侶，今天要結婚了呢，陳怡君也受邀出席，目前也算正裝，只要趕過去就好。就急忙下樓叫車出發了。

詹李喜宴就辦在之前被附身參加的喜宴同一個場地。

黃韻佳不但是伴娘，還兼婚禮帶位。因爲熟悉許多八卦，把人物關係，各桌位置座位都疏理得有條有序。

「婚禮就快開始了，找不到李爸爸？」黃韻佳聽到消息，講話都高了八度：「那誰來牽新娘走紅毯進場，你，你，快來幫忙找人。」

黃韻佳指了兩個伴郎去找人，迫於剛剛闖關時，關主的魄力下，伴郎們馬上開始行動。

過了半個小時。

「在二樓的男生廁所發現李爸爸了。」某伴郎的通報。

「老爸你在搞什麼啊？」李沐璇抱著拖地的白紗，雖然行動不便，也在幫忙找人，聽到消息後，馬上趕了過去。

李昶華從廁所出來，一臉驚恐，隱約還看到眼角泛光說：「我在看恐怖片。」

「這時候看恐怖片？」

「我這輩子參加過的每次婚禮都在看恐怖片。」李昶華說。

此時陳怡君正好趕到了，知道李昶華在說什麼，一次是張志豪當伴郎的時候，一次是兩鬼附身去參加婚禮的時候，就說：「張志豪有跟我說過爲什麼帶你去看恐怖片。他說：看完恐怖片，回到現實後，家人一樣都在你身邊，一定會更珍惜她們。」

「眞的？」李昶華有點驚喜，沒聽張志豪說過。

「騙你的。」陳怡君吐了吐舌頭，彷彿高中時那種不帶歉意的小賠罪，把李昶華都看呆了。

「啊！痛。」李媽狠狠往老公小腳趾踩去，雖然不知道老公和陳怡君的關係，但決定相信女性直覺的判斷時間，其過程不到一秒鐘。

李昶華看著自己的女兒，此刻眞的美極了，像當初結婚時的老婆，自己彷彿也變年輕了不少。就這個女婿始終看不太順眼，配不上自己女兒。還在思考就被李媽挽著手抓去拍大合照了。

那時婚禮攝影師說：「要拍囉。」

黃韻佳和男友，李沐璇父母，詹爸，都一起擠了進來。

「西瓜甜不甜？」攝影師問。

「甜。」眾人大笑。

時間回到詹曉軒把一千塊收好後在紙上塗鴉，聽到爸爸在喊：「剛剛燒金紙燒到一身汗，快去洗個澡，等等就要吃飯了。」

「哦好。」詹曉軒放下筆，畫的是一個小男孩和一個女孩並排站著。

「你手上拿的是什麼？」詹爸指著畫問。

「這是情書。」

「你畫一個框框又套一個框框，我以爲是金紙呢。」

「不理你了啦。」詹曉軒急哭說。

金紙34

「老闆，結帳。」客鬼大喊。

「不是老闆，小小的打工人而已。」張志豪受刑完也在酒吧鬼這打工，他也放棄了投胎而在地獄等人。

張志豪看了一下客人手上的贖罪券說：「本店不收贖罪券了哦。」

「贖罪券就你們這開始發行的，爲什麼不收？」

「這也是我在這打工的原因之一。」張志豪無奈地說：「贖罪券價値變動太快，有的冷門有的搶手。我當初也收集了一堆，誰知道有些連一顆水餃都買不起。而且受刑的鬼變多還會加速貶值，換來換去還是金紙方便，自然也只收金紙了。」

「我只有帶拔舌贖罪券啊。」

「出門左轉有地方可以換哦。」張志豪說：「贖罪券變成各地獄的通行証後，還是有存在的價值。各地獄打算開始走金紙本位，也就是有多少金紙，就發行多少贖罪券。客人快去換吧，我可以等你。」

「你就不怕我跑了不回來？」

「我也是打工人嘛，客戶就是我們的神，哦！鬼！」張志豪說。

從門口走來一個穿花襯衫，發光的皮褲，舌長及胸的鬼看著酒吧各種擺設十分懷念的感覺。

「這不是藝術鬼嗎？」張志豪說。

「這不是張志豪嗎？」藝術鬼模仿張志豪的語氣，笑說：「也不知道你從那想到把拔舌地獄結合冰山地獄，加速了我服刑的速度，方便不少。」

眾鬼都覺得這鬼大概無可救藥了，怎麼受刑都不會改邪歸正了。藝術鬼笑說：「喝完孟婆湯又是一條好漢。說是孟婆湯，但寫作『喜酒』。那老闆呢？」

張志豪笑著看向吧台後的休息室。

休息室牆上布置了大量的小黃燈，整間看起十分溫暖，中心正好離牆面最遠，有光但昏暗。

孟婆和酒吧鬼頭靠著頭在跳慢舞。

「後來金紙的事怎麼了。」孟婆問。

「解決了，但不重要。中間我早就忘了要解決這事了。」

「第一次見面，好像也像這樣。」

「是啊。好在那不是最後一次，這次也不是。」

「誰叫你把酒吧開在孟婆亭附近。」

「這樣你就不會再被綁架了啊。」

「誰說要搬到這裡住。」

「我會每天接送的。」

「我不會再被綁架了。」

「我知道，因爲我開始接送了。」酒吧鬼說：「張志豪有時候可以代我的班，而我也可以代你的班。」

「嗯。」孟婆把頭靠在酒吧鬼的肩上，就不再說話，靜靜享受這個時光。

「我有一個大膽的想法。需要你幫忙。」孟婆說。

「什麼地獄我都陪你去過了，還有什麼我不能幫？」

「我找到一個接班人了，想試看看和你一起投胎，看在陽間相遇是什麼感覺。」

這主意有點嚇壞酒吧鬼了，不過他還是看著孟婆說：「好！」

答應的理由也很簡單：如果眞的有「天意」這種東西，他們的故事還是會繼續下去的。

之後的事想太多也沒用，就先享受這一刻吧。

歌變得更慢，人跳得越近。

藝術鬼拿出作畫工具，努力把這酒吧鬼和孟婆跳慢舞的畫面畫在金紙上。他想到要送誰才不會讓拿到的鬼又被馬踢，邊露出了奸笑。

支線

小情書／

婚禮現場。

李沐璇說：「這次婚禮的進場影片是你做的？」

詹曉軒說：「是啊。」

李沐璇看著循環播放的影片都是用李沐璇和詹曉軒約會時，黃韻佳也在旁邊的照片。

而背影音樂是Garfunkel and Oates 唱的Me, You and Steve。

小金紙／

馬面躺在孟婆的膝上。

馬面說：「聽去西方見習的牛頭說獨角馬這樣躺很舒服，其實還好耶。」

孟婆說：「眞希望你喝孟婆湯也有用，讓你忘掉一些奇怪的東西。」

馬面說：「我知道了，大概不是躺在處女膝上的原因。」
孟婆說：**「滾！」**

小情書 之

小女鬼開心地離開了鬼屋。
陽光好舒服，花兒好香。
有人要帶我去找爸爸耶！小女鬼順勢地牽起對方的手，把另一隻手的大姆指塞到自己嘴裡，對方露出奇怪的笑容，也不知道是哭還是笑。
來到一間很大的辦公室，有一個很嚴肅的男人正在辦公。
小女鬼蹦蹦跳跳靠近，並跳到嚴肅男的懷裡。
就聽他說：「你在幹什麼？劉信宏。」

小金紙 之

火腿豬說：「打敗我就走了，嗚嗚嗚。」

肉鬆豬說：「愛上大哥我能理解，但被打敗才愛上，就不太懂了。」
火腿豬說：「你不懂愛上強者的心情，我也不相信愛情了。」
男子開始戴上橡膠手套，並開始潑種豬的尿。
火腿豬說：「哦～是他的味道。」

小情書3

李昶華的婚禮。伴郎張志豪要和之前算敵對陣營的伴娘一起走紅毯，兩人都是因為單身被找來當伴郎伴娘。伴娘偷偷跟張志豪說：「你好香哦。」
張志豪聞了聞自己說：「沒有拉。很臭。」
伴娘說：「你知道心理學說喜歡一個人的味道，就會喜歡上他嗎？」
張志豪說：「真的～～我超討厭我自己。」
伴娘說：「你一定沒有女朋友？」
張志豪說：「你就別笑我了。」
「我哪有。」伴娘說：「笨蛋。」

小金紙3

藝術鬼看著鄧律儀來到拔舌地獄。
藝術鬼說：「你不是我孫女婿嗎？我記得你不愛說話，怎麼也會來？」
鄧律儀：「我騙阿佳我不愛說話，其實我也不喜歡BL。」
藝術鬼說：「我在望鄉台就覺得你這個孩子像我。走吧，我們去拔舌。」

小情書4

沙鹿一間金香鋪。
「這裡是地獄。」金香鋪的工作人員A說：「這間金香鋪就蓋在以前的墳場上。要不是我八字重，不然沒辦法在這撐上三天。別說三天，我猜你大概撐不上一天。」
「前輩，這間店有什麼問題？。」工作人員B問。
「最近總是有一個長髮披肩的白衣連身裙女子來買金紙，一句話也不說，大概就指一下特大張的金紙，把錢一丟，東西一拿人就走了。」工作人員A說：「這年頭鬼都會買金紙了，就不知道她錢是從那裡來的。」

「前輩……前輩……你的後面。」

工作人員Ａ一轉就看到白衣連身裙的女子就站在他的身後。

忽然女子大叫：「哇！！！」

嚇得兩人開始尖叫。

「眞好玩，下次換一間金香鋪吧。」李沐璇來買拿來寫情書的金紙後說。

小金紙4

礫刑地獄。

張志豪說：「你是劈腿？你也是劈腿？你們都是盜愛情的墳墓？只有我是眞的盜墓？」

「我們也很吃驚。這年頭，竟然還有墓可以盜？聽你一講，我們都不敢說自己是怎麼來的了。」

「就是啊。這裡改很久了。大概也不知道送你去那個地獄？我們在陽間是渣男，在陰間是被切成渣男，十分合理啊！」

張志豪說：「難怪都沒鬼告訴我那裡做錯了，和你們討論大家都找各種藉口跑掉了。」

小情書 5

「你都做婚姻介紹所的工作了，爲什麼不幫自己找個對象呢？」陳怡君的媽媽每次看到女兒都忍不住抱怨。

「大概沒碰到一個會哭得比我慘的人吧。」陳怡君說。

小金紙 5

「前輩，你怎麼趕鬼上刀山的？」

「趕鬼是門學問，你要多和鬼接觸。最近我發現不肯接受現實的死者變多了。每個來都說自己是到異世界。」鬼卒前輩說：「我就說異世界轉生的最強武器就在山頂，只有眞正的勇者才拔得出來。竟然每一個都發了瘋地往上爬。」

「這些年輕人是不是腦子有問題啊？」

「你是多菜的鬼卒啊？」鬼卒前輩覺得十分不可思議：「之前血池用死去年齡重塑肉

身，結果各地獄在處刑時，看起來就是在用各種方式虐待老人或嬰兒，雖然鬼卒的年紀都比他們大，但還是造成不小的心理陰影，要看心理諮商的鬼卒變多，都搞不清楚誰才是處罰者，爲什麼像自己被處罰一樣，就修改血池配方到重塑肉身爲二十到三十歲，然後去掉一個腎，就改善解決問題了。」

「去掉一個腎？」

「外形不變，肉體又變虛弱，不用費太多力氣就很好管理。」

「之前在刀山地獄也有看到小男鬼啊。」

「無罪之魂，或有功德在身，可以換取血池獎勵。」鬼卒前輩說：「說不定那個小男鬼是千年大叔精怪咧。」

鬼卒前輩開始覺得鬼卒的教育不能等，怎麼一代不如一代呢。

小情書6

地獄馬廄。

王景基：「三年了，和我說句話吧！總是你領馬來，踢完就走。」

蠻橫鬼：「爲鬼民服務。」

王景基：「你是獄卒？」

蠻橫鬼：「不是，你踢完就換我被踢。把馬照顧完，我還要去照顧狗。」

王景基：「你都瘦成只有骨頭了。地獄太沒人性了！」

蠻橫鬼：「兄弟，有沒有不讓狗吃骨頭的方法？快告訴我吧。」

小金紙6

牛頭：「我去其他地獄見習回來了。」

馬面：「眞的是辛苦了。」

牛頭：「有一個單身狗想交到女友，召喚出惡魔，用自己靈魂爲交換，交到女友。惡魔讓一個男鬼附在他身上去把男鬼生前的老婆，但這個單身狗不怕惡魔卻怕鬼。男鬼想利用單身狗讓老婆忘掉喪夫之痛，用盡全力幫忙。結果天堂覺得這是無私行爲，可赦罪。等到老婆眞的愛上單身狗時，惡魔要履約帶走單身狗的靈魂。」

馬面：「我錯了，我這比較辛苦，你是去渡假。」

（此故事改寫在金紙上的情書其他情書線版本）

小情書

張志豪說：「終於等到你了。」

陳怡君說：「對啊。」

張志豪拉出身後的小男鬼，並說：「這我在冰山地獄碰到的。你有想過爲什麼當初你先附身看不到我，但我們附身時在鬼屋都看得到那個小女鬼嗎？」

陳怡君說：「有，我也知道爲什麼。」

張志豪說：「有你在，至少一起等那小女鬼比較不無聊。」

陳怡君對小男孩說：「如果你願意，可以叫我媽。而你還會有一個妹妹唷。」

小金紙

藝術鬼說：「三生石是怎麼靠情書找到張志豪的？」

工程鬼說：「用白痴鬼也能理解的方式就是：每個靈魂都是一本書的話，他的名字就是書名。而書名的文字表示方式，就是一串極爲複雜的編碼，用這個編碼就可以推算整本書。推算的過程以現代的講法就是『解壓縮』。」

藝術鬼說：「但當初的情書並沒有人名……不……書名啊。」

工程鬼說：「書寫別人的名字，就像是認爲對方是怎樣的書。寫了陳怡君的名字，代表張志豪認爲陳怡君的靈魂是什麼樣子，情書上開頭的名字都是思念和幻想，找出陳怡君這本書，再找出張志豪就不難了。古典數學的幻想理解一下，一個外星人用木棍中間劃一刻痕就能帶走百科全書的方式。人名的文字比刻痕更加複雜，而三生石就用了這樣的技術。」

藝術鬼說：「我懂了。我就知道三生石是外星人的黑科技。」

工程鬼說：「對牛彈琴。爲什麼沒人懂理工鬼的浪漫？」

寫在金紙上的小情歌34

冷風切，思念卻不碎。
鬢白催，敵不過歲月。
雨紛飛，你不改容顏。
卻還是，那一塊墓碑。

寫在金紙上的小情歌11（閩南語）

想起彼遮暝，你佇阮身邊。
一邊講苦，一邊飲著咖啡。
你那A這古錐，害阮心臟跳沒停。
這甘是人講A愛情。

寫在金紙上的小情歌支線

LINE又不小心聊到句點，不是不想和你聊天。
只是傻傻看著你的照片，就這樣忘記了時間。

寫在金紙上的小情歌20

海枯石爛，我們曾經許願。
天涯海角，都在對方身邊。
滄海桑田，如今人事全非。
我已不是你喜歡的那位，
還什麼資格站在你面前。

寫在金紙上的小情歌1

我們年輕的時候總是在乎是是非非，
長大之後才發現是自尊心作祟。
我們的愛就這樣一去不回，
在認真計較中慢慢破裂。

寫在金紙上的小情歌7

我們不用太多錢，太多淚，太多下雨天。
只要多看你的眼，摟你的肩，多叫聲寶貝。
畫蛇添足走不到永遠，
什麼困難都一起面對。
只要你在身邊，一切都無~所~謂~

寫在金紙上的小情歌8

你說愛情麵包要選那邊，選了之後就不能再改變。
我不知道選什麼才對，就怕選了之後你會不見。

寫在金紙上的小情歌17

庸碌平凡硬逞強，頭重腳輕走回家。
牽腸掛肚淚成湯，茶葉枕頭流出茶。

現實

擇泉（作者）說：「我最近在寫的故事叫『寫在金紙上的情書』。」
朋友說：「精子？傳送的方式是什麼？A片嗎？」
擇泉說：「沒有幾億的傳輸量啦。是黃色的那種。」
朋友說：「黃色的？A片嗎？」
擇泉說：「是燒的那種。」
朋友說：「騷的那種？A片嗎？」
擇泉說：「我痛恨諧音哏，明明就是純愛故事。」
朋友說：「明明就該是純愛動作故事。」

後記

感謝您閱讀這本書。

文字閱讀需要大量的想像力，要打開想像的視覺聽覺嗅覺等等。也許看書是一件很累的事。看影片，演員的肢體動作會輕鬆很多。

我也希望能找到故事的「容器」而去做了一些嚐試，像是電影編劇，脫口秀，即興劇等等。而這個故事，是來自一次即興排練中的題目「金紙」。我當下就用了「寫在金紙上的情書」來做主軸創作，但故事的走向卻是「科幻靈異」的感覺。

後來過了半年，我回想起當初的靈感，忽然覺得有很多細節都十分有趣。金紙文化一些奇怪的地方，中國人對地獄的設計。如果說即興劇是大家一起編故事，這次的靈感變成自己和自己編故事了。繞了一大圈，我還是喜歡文字類的創作。

這次故事採用兩條可以獨立，也可以合在一起的模式，和當初即興的長篇模式「雙線」一樣。我也用了很多即興長篇「Harold」學到的技巧，像此起彼落，物理和化學的連結等等。彼此搭著彼此，慢慢長大，如果喜歡這樣的故事模式，進即興劇場一定會讓您印象難忘。

　　在寫作的過程，我只設立大概的走向。兩條故事線會發生什麼事，連我自己都不知道，故事變得混亂又失控，我都不敢相信我能完成它。在壓迫自己創作的過程中，我也把很多我現實的經驗和想法，都寫了進去，您可能不會相信培根豬被閹掉的故事，都來自我現實生活產生的幻覺。

　　這本書寫作的過程中若沒靈感，我就抓我上一本書的角色丟進故事中，看產生什麼化學反應。如果能讓您也去看一下上一書就更好了。

擇泉 2023/11/15

國家圖書館出版品預行編目資料

寫在金紙上的情書／擇泉著. --初版.--臺中市：
白象文化事業有限公司，2024.5
面； 公分
ISBN 978-626-364-261-4（平裝）

863.57 113001369

寫在金紙上的情書

作　　者　擇泉
校　　對　擇泉
發 行 人　張輝潭
出版發行　白象文化事業有限公司
412台中市大里區科技路1號8樓之2（台中軟體園區）
出版專線：（04）2496-5995　傳真：（04）2496-9901
401台中市東區和平街228巷44號（經銷部）
購書專線：（04）2220-8589　傳真：（04）2220-8505
專案主編　林榮威
出版編印　林榮威、陳逸儒、黃麗穎、水邊、陳媁婷、李婕、林金郎
設計創意　張禮南、何佳諠
經紀企劃　張輝潭、徐錦淳、林尉儒
經銷推廣　李莉吟、莊博亞、劉育姍、林政泓
行銷宣傳　黃姿虹、沈若瑜
營運管理　曾千熏、羅禎琳
印　　刷　基盛印刷工場
初版一刷　2024年5月
定　　價　300元